愿你能以自己喜欢的方式，过自己想过的生活。

图书在版编目（CIP）数据

生活的理想，是为了理想的生活 / 爱默生等著 .
-- 北京 : 北京时代华文书局 , 2016.5
（诗与远方系列）
ISBN 978-7-5699-0914-2

Ⅰ . ①生… Ⅱ . ①爱… Ⅲ . ①散文集－世界 Ⅳ . ① I16

中国版本图书馆 CIP 数据核字 (2016) 第 094339 号

生活的理想，是为了理想的生活

著　　者 | 爱默生等
译　　者 | 方　圃

出 版 人 | 杨红卫
选题策划 | 陈丽杰
责任编辑 | 陈丽杰　李　争
装帧设计 | 龙　梅　王艾迪
责任印制 | 刘　银　訾　敬

出版发行 | 时代出版传媒股份有限公司 http: //www.press-mart.com
北京时代华文书局 http: //www.bjsdsj.com.cn
北京市东城区安定门外大街 136 号皇城国际大厦 A 座 8 楼
邮编：100011　电话：010－64267955　64267677
印　　刷 | 北京中科印刷有限公司　010 - 69590320
（如发现印装质量问题，请与印刷厂联系调换）
开　　本 | 880mm×1230mm　1/32
印　　张 | 7
字　　数 | 230 千字
版　　次 | 2016 年 7 月第 1 版　　2016 年 7 月第 1 次印刷
书　　号 | ISBN 978-7-5699-0914-2

定　　价 | 36. 00 元

目录

CONTENTS

一
生活的态度，决定了人生的高度

二
以自己喜欢的方式，过自己想要的生活

三
不管生活有多少磨难，也要勇往直前

四
生活不只是眼前的苟且，还有诗和远方

一
生活的态度，
决定了人生的高度

生活是一面镜子，你笑，它也笑；你哭，它也哭。善待自己，给自己一个笑脸，让阳光、快乐走进你敞开的心灵。

人生意义就在我们怎样看人生

胡适

一九〇三年，我只有十二岁，那年十二月十七日，有美国的莱特弟兄做第一次飞机试验，用很简单的机器试验成功，因此美国定十二月十七日为飞行节。而十二月十七日正是我的生日，我觉得我同飞行有前世因缘。

我的前十多年，曾在广西飞行过十二天，那时我做了一首“飞行小赞”，这算是关于飞行的很早的一首辞。诸位飞过大西洋、太平洋，我在民国三十年，在美国也飞过四万英里，这表示我同诸位不算很隔阂。

今天大家要我讲人生问题，这是诸位出的题目，我来交卷。

这是很大的问题，让我先下定义，但是定义不是我的，而是思想界老前辈吴稚晖的。他说：人为万物之灵，怎么讲呢？第一：人能够用两只手做东西。第二：人的脑部比一切动物的都大，不但比哺乳动物大，并且比人的老祖宗猿猴的还要大。有这能做东西的两手和比一切动物都大的脑部，所以说人为万物之灵。

人生是什么？即是人在戏台上演戏，在唱戏。看戏有各种看法，即对人生的看法叫做人生观。但人生有什么意义呢？怎样算好戏？怎样算坏戏？我常想：人生意义就在我们怎样看人生。意义的大小浅深，全在我们怎样去用两手和脑部。人生很短，上寿不过百年，完全可用手脑做事的时候，不过几十年。有人说，人生是梦，是很短的梦。有人说，人生不过是肥皂泡。其实，就是最悲观的说法，也证实我上面所说的人生有没有意义全看我们对人生的看法。就算他是做梦吧，也要做一个热闹的、轰轰烈烈的好梦，不要做悲观的梦。既然辛辛苦苦的上台，就要好好的唱个好戏，唱个像样子的戏，不要跑龙套。人生不是单独的，人是社会的动物，他能看见和想象他所看不到的东西，他有能看到上至数百万年下至子孙百代的能力。无论是过去、现在，或将来，人都逃不了人与人的关系。比如这一杯茶（讲演桌上放着一杯用玻璃杯盛的茶）就包括多少人的贡献，这些人虽然看不见，但从种茶，挑选，用自来水，自来水又包括电力等等，这有多少人的供献，这就可以看出社会的意义。我们的一举一动，也都有社会的意义，譬如我随便往地上吐口痰，经太阳晒干，风一吹起，如果我有痨病，风可以把病菌带给几个人至无数人。我今天讲的话，诸位也许有人不注意，也许有人认为没道理，也许说胡适之胡说，是瞎说八道，也许有人因我的话回去看看书，也许竟一生受此影响。一句话，一句格言，都能影响人。

我举一个极端的例子：两千五百年前，离尼泊尔不远的地方，路上有一个乞丐死了，尸首正在腐烂。这时走来一位年轻的少爷叫Gotama，后来就是释迦牟尼佛，这位少爷是生长于深宫中不知穷苦的，他一看到尸首，问这是什么？人说这是死。他说：噢！原来死是这样子，我们都不能不死么？这位贵族少爷就回去想这问题，后来跑到森林中去想，想了几年，出来宣传他的学说，就是所谓佛学。尸身腐烂这一件事，就有这么大的影响。飞机在莱特兄弟做试验时，是极简单的东西，经四十年的功夫，多少人的聪明才智，才发展到今天。我们一举一动，一言一行，一点行为都可以有永远不能磨灭的影响。几年来的战争，都是由希特勒的一本《我的奋斗》闯的祸，这一本书害了多少人？反过来说，一句好话，也可以影响无数人，我讲一个故事：民国元年，有一个英国人到我们学堂讲话，讲的内容很荒谬，但他的O字的发音，同普通人不一样，是尖声的，这也影响到我的O字发音，许多我的学生又受到我的影响。在四十年前，有一天我到一外国人家去，出来时鞋带掉了，那外国人提醒了我，并告诉我系鞋带时，把结头底下转一弯就不会掉了，我记住了这句话，并又告诉许多人，如今这外国人是死了，但他这句话已发生不可磨灭的影响。总而言之，从顶小的事情到顶大的像政治经济宗教等等，我们的一举一动都有不可磨灭的影响，尽管看不见，影响还是有。在孔夫子小时，有一位鲁国人说：人生有三不朽，即立德，立功，立言。立德就是最伟大的人格，像耶稣、孔子等。立功就是对社会有贡献。立言包括思想和文学，最伟大的思想和文学都是不朽的。但我们不要把这句话看得贵族化，要看得平民化，比如皮鞋打结不散、吐痰、O的发音，都是不朽的。就是说：不但好的东西不朽，坏的东西也不朽，善不朽，恶亦不朽。一句好话可以影响无数人，一句坏话可以害死无数人。这就给我们一个人生标准，消极的我们不要害人，要懂得自己行为。积极的要使这社会增加一点好处，总要叫人家得我一点好处。

再回来说，人生就算是做梦，也要做一个像样子的梦。宋朝的政治家王安石有一首诗，题目是“梦”。说：“知世如梦无所求，无所求心普定寂，还似梦中随梦境，成就河沙梦功德。”不要丢掉这梦，要好好去做！即便是唱戏，也要好好去唱。

一个人活下去真正的意义和价值

沈从文

一切存在严格地说都需要“时间”。时间证实一切，因为它改变一切。气候寒暑，草木荣枯，人从生到死，都不能缺少时间，都从时间上发生作用。

常说到“生命的意义”或“生命的价值”。其实一个人活下去真正的意义和价值，不过占有几十个年头的时间罢了。生前世界没有他，他无意义和价值可言的；活到不能再活死掉了，他没有生命，他自然更无意义和价值可言。

正仿佛多数人的愚昧与少数人的聪明，对生命下的结论差不多都以为是“生命的意义同价值是活个几十年”，因此都肯定生活，那么吃，喝，睡觉，吵架，恋爱，……活下去等待死，死后让棺木来装殓他，黄土来掩埋他，蛆虫来收拾他。

生命的意义解释的即如此单纯，“活下去，活着，倒下，死了”，未免太可怕了。因此次一等的聪明人，同次一等的愚人，对生命的意义同价值找出第二种结论，就是“怎么样来耗费这几十个年头”。虽更肯定生活，那么吃，喝，睡觉，吵架，恋爱，……然而生活得失取舍之间，到底也就有了分歧。

这分歧一看就明白的。大别言之，聪明人要理解生活，愚蠢人要习惯生活。聪明人以为目前并不完全好，一切应比目前更好，且竭力追求那个理想。愚蠢人对习惯完全满意，安于现状，保证习惯。（在世俗观察上，这两种人称呼常常相反，安于习惯的被呼为聪明人，怀抱理想的人却成愚蠢家伙。）两种人即同样有个“怎么来耗费这几十个年头”的打算，要从人与人之间寻找生存的意义和价值，即或择业相同，成就却不相同。同样想征服颜色线条作画家，同样想征服乐器音声作音乐家，同样想征服木石铜牙及其他材料作雕刻家，甚至于同样想征服人身行为作帝王，同样想征服人心信仰作思想家或教主，一切结果都不会相同。因此世界上有大诗人，同时也就有蹩脚诗人，有伟大革命家，同时也有虚伪革命家。至于两种人目的不同，择业不同，那就更容易一目了然了。

看出生命的意义同价值，原来如此如此，却想在生前死后使生命发生一点特殊意义和永久价值，心性绝顶聪明，为人却好像傻头傻脑，历史上的释迦，孔子，耶稣，就是这种人。这种人或出世，或入世，或革命，或复古，活下来都显得很愚蠢，死过后却显得很伟大。屈原算得这种人另外一格，历史上这种人可并不多。可是每一时代间或产生一个两个，就很像样子了。这种人自然也只能活个几十年，可是他的观念，他的意见，他的风度，他的文章，却可以活在人类的记忆中几千年。一切人生命都有时间的限制，这种人的生命又似乎不大受这种限制。

话说回来，事事物物要时时证明，可是时间本身却又像是个极其抽象的东西，从无一个人说得明白时间是个什么样子。时间并不单独存在。时间无形，无声，无色，无臭。要说明时间的存在，还得回过头来从事事物物去取证。从日月来去，从草木荣枯，从生命存亡找证据。正因为事事物物都可为时间作注解，时间本身反而被人疏忽了。所以多数人提问到生命的意义同价值时，没有一个人敢说“生命意义同价值，只是一堆时间”。

“前不见古人，后不见来者，”这是一个真正明白生命意义同价值的人所说的话。老先生说这话时心中的寂寞可知！能说这话的是个伟人，能理解这话的也不是个凡人。目前的活人，大家都记得这两句话，却只有那些从日光下牵入牢狱，或从牢狱中牵上刑场的倾心理想的人，最了解这两句话的意义。

因为说这话的人生命的耗费，同懂这话的人生命的耗费，异途同归，完全是为事实皱眉，却胆敢对理想倾心。

他们的方法不同，他们的时代不同，他们的环境不同，他们的遭遇也不相同；相同的是他们的心，同样为人类向上向前而跳跃。

智慧是命运的征服者

爱默生

智慧的力量是无穷的，每一股喷泻而出并且气势汹汹地要吞噬我们的混乱的浊流，在智慧的疏导下，就会成为有益的力量。我们说过，命运是尚未为人识破的道理。汪洋恣肆的海水不费吹灰之力就可以淹没船只和水手，就像淹没一粒灰尘一样。可是，一旦人类学会游泳，学会驾驭风帆，曾经淹没人类和船只的海水就会被他们劈开，它就会像载着自己的泡沫一样负载着他们，宛如一叶羽毛为一种动力所运载。寒冷从来就不会体谅人们的凉热，它穿透你的皮肉，刺痛你的血液，把人冻得恰似一滴露珠。可是，一旦你学会了滑雪，那么，它就会给你提供一种优雅、甜蜜和富有诗意的运动。寒冷能够刺激你的四肢，振奋你的大脑，激励你，鞭策你，促使你在成长的道路上飞奔，成为走在时代最前列的先锋。

寒冷和大海将锤炼出一个天下至尊的撒克逊民族。上苍不忍心抛弃这个坚韧的民族，而且，在把这个民族封闭于大洋彼岸的英格兰1000年之后，大自然又赐予了100个英格兰，100个墨西哥。它将吞并和统治所有的生命，而不仅仅是几个墨西哥——海水与蒸气的奥秘，电流的奔波震荡，金属的可塑性，空气动力汽车，有舵气球……这一切的一切，都在等待着你，等待着你的探索和发现。

斑疹伤寒是最为肆虐的疾病之一，每年，死于它的人数远远超过了战争的屠杀。然而，只要掌握了正确的排液方法，就可以消灭斑疹伤寒。航海时，由于坏血病而导致的灾难可以通过柠檬汁和其他可以携带或者可以获得的食品来加以消弭。霍乱与天花引起的人口减少，已经由于排液和接种疫苗而告结束。而其他任何一种瘟疫也都同样连接在因果的链条之上，只要我们破译了其中的密码，就可以击退它们，驯服它们。每当我们用人工去抽取毒液，通常都能从被征服的敌人身上抢夺出某些有益的东西。任性的洪水在人的教育下转变为听话的仆人，为他们辛苦劳作；野兽可以成为人们的食品、衣服，或者用来进行劳动；化学爆炸已为人们所控制，人们对付爆炸，犹如摆弄钟表一般。这一切原先的洪水猛兽，现在都已成为人类骑乘的骏马。人类以各种各样的方式运动，以马的腿，以风的翅膀，以蒸汽，以气球的气体，以电力……他踮起脚来，宣称要凭借自己的本领去猎取那只雄鹰。他要使一切的一切都成为他的使役。

直到不久之前，蒸汽还是令我们惊恐不安的恶魔。任何一位壶匠或黄铜匠，在制作水壶的时候，都不得不在它的盖子上留下一个释放这个魔鬼的小孔，以免被激怒的它兴风作浪，掀起水壶和屋顶，甚至将整幢房屋掀倒、摔碎。然而，沃塞斯特侯爵、瓦特和富尔顿却认为：哪里有动力，哪里就有上帝，而非恶魔。动力必须为人类所发现和利用，而决不能白白地浪费掉。这头恶魔能够如此轻而易举地把水壶、屋顶和房屋掀起来吗？那它就正是他们所要寻找的大力士工人。他可以被利用去掀走、封锁和强迫另外那些更加难以对付和危险的恶魔，譬如，大面积的泥土、高山、水的重量或阻力、机械以及世界上一切人们的劳动。他将延长时间，缩短空间。

即使是迄今为止最为高级的蒸汽，现在也没有产生过什么不同的结果。就像俗语所说的那样：众口铄金！大众的舆论曾经是这个世界上最为令人害怕的事情。那些喜欢娱乐的民族曾经作过尝试：要么把它们驱散，要么把它们羁押在重重社会阶层之下——第一层是士兵，然后是领主，最上面是一位堂皇的国王。并且，用城堡、军队和警察的锁链和镣铐加以牵制、桎梏。

但是，有时候，宗教的原则会乘虚而入，进入其间，冲破这一切铁与火的牢笼，并且把置于其上的每一座高山都撕裂、颠仆。那些政治上的富尔顿们和瓦特们相信统一性。他们早就看出来了，看出大众的舆论是一种巨大的动力。通过满足这种动力（因为正义令每一个人满意），通过对社会进行一种不同的安排——把它集合在一个相同的层次上，而不是把它堆积起来形成一座山；他们努力地因势利导，使那件可怕的事情变成一个国家的最无害处和最有生气的形式。

我乐于承认，对命运絮絮叨叨地进行说教是非常讨厌的。又有谁愿意让一位衣冠楚楚、文质彬彬的颅相学家来对他的命运下结论呢？又有谁愿意相信：在他的头颅、脊椎和骨盆里，早就种下了撒克逊或凯尔特民族所特有的恶德呢？他曾经对自己寄予多高的期望啊，他曾经笃信广阔天地，大有作为，可是现在，这些恶德却断言，他不过是一头自私自利、大吹大擂、奴颜婢膝、胆小怕事的动物。一位渊博的医生曾经告诉我，对于那不勒斯人，这一事实也毫不例外：当他们长大成人之后，就会变成地地道道的无赖。这虽然有些夸张，但也说得过去。

但是，这一切不过是仓库和军械库。一个人必须对自己的缺陷心存敬意，而对自己的才能要敬畏有加。因为，一项出类拔萃的才能总是过多地汲取他的力量，使他枯萎、凋落；而另一种缺陷，却在背后默默地为他加油，滋补他那日益干涸的源泉，使生命的杠杆保持平衡。忍耐是犹太人最为明显的标记，现在，它已经使犹太人成为地球统治者的君王。如果命运是矿石和采石场，如果邪恶在发展的过程中发生善的作用，如果局限性就是我们应有的力量，如果灾害、敌对势力、重负就是使我们飞翔的翅膀和方法——那么，就让我们热烈欢迎它们吧！

生活中必须要有毅力和信心

居里夫人

生活对于任何人都不简单，我们不仅必须有坚韧不拔的精神，更重要的是我们自己还要有信心。我们必须相信，我们对某些事情有天赋的才能，甚至，无论付出何种代价，都要把一件事情完成。当事情完成的时候，我们可以问心无愧地问自己："我已经竭尽所能了。"

某一年的春天，我生病需要在家里休息几周。当我注意到我女儿们所养的蚕时，感到极大的兴趣——它们结着茧子，固执地、勤奋地工作着。我感到我和它们非常相似，像它们一样，我总是耐心地把精力集中在一个目标上。我之所以如此，或许是因为有某种力量在鞭策着我——正如蚕被鞭策着去结它的茧子一般。

在近五十年里，我致力于科学的研究，以及对真理的探讨。回望一生，我有许多美好快乐的回忆。少女时期我在巴黎大学，孤独地过着求学的时光。在后来的一段时间，丈夫和我专心致志地、艰辛地在简陋的书房里研究，像在梦幻之中一般，后来我们就在那儿发现了镭。

一生之中，我自始至终追求安静的工作和简单的家庭生活。为了实现这个理想，我要竭力保持宁静的环境，以免受人事的侵扰和盛名的渲染。

我深信在科学方面，我们是有对事而不是对人的兴趣。当皮埃尔·居里和我决定是否应该在我们的发现上取得经济上的利益时，我们都认为这是违反我们的纯粹研究观念的。因而我们没有申请镭的专利，相当于抛弃了一笔财富。但我坚信我们是对的。诚然，人类需要寻求现实的人，但我们在工作中，已获得了最大的报酬。而且，人类也需要梦想家——他们被一件忘我的事业的进展，深深吸引，使他们没有闲暇，更不会热衷于去谋求物质上的利益。我唯一的奢望，即能够在一个自由国家中，以一个自由学者的身份从事研究工作。我从没有视这件权益为理所当然的，因为在24岁以前，我一直居住在被占领和蹂躏的波兰。我估量过法国为自由所付出的代价。

我并非天生就是一个性情温和的人。我以前就知道，许多像我一样敏感的人，哪怕受了一言半语的呵责，便会十分懊恼，但他们尽量隐藏自己的敏感。从我丈夫温和沉静的性格中，我受益匪浅。当他猝然长逝后，我便学会了逆来顺受。随着年纪的增长，我越发学会欣赏生活中的琐事，如植物、建筑，对诵诗和眺望星辰，也有一点兴趣。

我一直沉醉于世界的优美之中，我所热爱的科学，也不断增加它崭新的远景。我坚信，科学本身就具有一种伟大的美。一位从事研究工作的科学家，不仅是一个技术人员，他还是一个小孩子，沉浸在大自然的景色中，就好像迷醉于神话故事一般。这种魅力，就是使我终身能够在实验室里埋头工作的主要原因。

不知足才是人性的

林语堂

有人说，不知足是神圣的；我却以为不知足是人性的。猴子是第一号的阴沉动物，在动物中，我只看见黑猩猩有一个真正忧郁的面孔。我往往觉得这种动物很像哲学家，因为唯有哲学家，才会有忧郁和沉思的表情。牛似乎不会思想，至少似乎不在推究哲理，因为它们看起来是那么知足：象也许会怀着盛怒，可是它们那不断摆动象鼻的动作似乎代替了思想，而把胸怀中的一切不满都排除。唯有猴子能够显示出彻底讨厌生命的表情。猴子是真够伟大啊！

九九归原的说起来，哲学或许是由讨厌的感觉而开始。无论怎样，人类的物征，便是怀着一种追求理想的，期望一种忧郁、模糊的、沉思的期望。人类住在这个现实的世界里，还有梦想另一个世界的能力和倾向。人类和猴子的差异点，也许是猴子仅仅觉得讨厌无聊，而人类除讨厌无聊外，还有着想象力。我们都有一种脱离旧辙的欲望，我们都希望变成另一种人物，大家都有着

梦想。兵卒梦想做伍长，伍长梦想做上尉，上尉梦想做少校或上校。一个气魄宽宏的上校，是不把上校当做一回事的，用文雅的词语说起来，他仅仅称之为服务人群的一个机会而已。在事实上讲起来，这种工作方法确没有什么别的意义。老实说，琼·克劳馥（Joan Crawford）对于自己并不像世人那么的注意，珍妮·盖诺（Janet Gaynor）对于自己也不像世人那么的注意。世人对一切伟人说，“你们不都是很伟大吗？”如果那些伟人真正是伟大的，他们总会回答道：“伟大又算什么呢？”所以这个世界很像一家照菜单零点的餐馆，每一个顾客，总以为邻桌顾客所点的菜

肴，比他自己所点的更有味，更好吃。

一位现代中国大学教授说过一句诙语，说：“老婆别人的好，文章自己的好。”

在这种意义上说来，世间没有一个人，会感到绝对的满足的。大家都想做另一个人，只见这另一个人，不是他现在的自己。

这种特性无疑地是由于我们有想象力和梦想才能。一个人的想象力越大，就越不能得到满足。所以一个富于想象力的小孩，往往比较难于教育；他常常像猴子那样阴沉忧郁，而不像牛那样

地感到快乐知足。同样离婚的案件在理想主义上和富有想象力的人们当中，一定比无想象力的人们多。一个理想中的终身伴侣的幻想会生出一种不可抗拒的力量，这种力量若在缺乏想象和理想的人们便永远不会感觉。笼统地说来，人类有时也被这种理想的力量引入歧途，有时则辅导上进；可是人类终是完全靠这种想象力而进步的。

我们晓得凡是人类都有志向和抱负。有这种东西是可贵的，因为志向和抱负大都被视为高尚的东西。无论个人和国家，都有梦想，我们的行动多少都依照梦想而行事。有些人比一般普通人多做了一些梦，正如每个家庭里都有一个梦想较多的孩子，或是有一个梦想较少的孩子。我得承认我私底下比较喜欢那个有梦想的孩子。虽则是个比较忧郁的孩子，也没有关系；他有时也会享受到更大的欢乐、兴奋和狂喜。我觉得人类的构造和无线电收音机很相像，所差者我们收来的不是播来的音乐，而是我们自己所产的观念和思想。有些灵敏的收音机能够收到其他收音机所收不到的短波，因为这些更远更细的音乐不大容易收到，所以更觉宝贵。

而且我们幼时的那些梦想并不是没有实现性的。这些梦想常和我们终身共存着。因此，如果我自己可以选做世界上作家之一的话，我颇愿做个安徒生。能够写美人鱼（The Mermaid）的故事，想着那美人鱼的思想，渴望着到了长大的

时候到水面上来，那真是人类所能感到的最深沉最美妙的快乐了。

所以，无论一个孩子是在屋顶的小阁上，或在谷仓里，或是躺在水边，随处都有他的梦想，而这些梦想也是真实的。安迪生、史蒂芬、司谷德（SirWalterScott）这三个人在幼年时都梦想过。这种奇妙的梦想，结出了最优美最瑰丽的果。但是较平庸的孩子也会多少有过这些梦想。他们梦想中的幻象或各不相同，但是他们感觉到的快乐是一样的。每个小孩子，都有一颗思慕的和切望的灵魂，怀着一种热望去睡觉，希望在早晨醒过来时发现他的梦想已成为事实。他并不把这些梦想告诉人家，因为这些是他自己的，是他正在生长的自我的一部分。小孩子的梦想当中，有些较为清晰，有些较模糊，清晰者产生了迫促这梦想实现的力量；而那些较不明晰的便在长成的时候逐渐消失。我们一生中，总想把我们幼时的梦想说出来，但是，“有时还没有找到我们所要说的话，我们已经死了。”

讲到国家也是这样，她也有其梦想，这种梦想可以经过许多的年代和世纪，依然存在着。有些梦想是高尚的，有些却是歹

恶的。征服人家，和那些独霸世界一类的梦想，都可说是恶梦；这种国家比之那些较有和平梦想的国家不安得多。不过另外也还有较好的梦想，梦想着一个更好的世界，梦想着和平，梦想着各国和睦共处，梦想着减少残酷，减少不公平，减少贫穷和痛苦。

恶梦常想破坏好梦，因之二者之间不断地搏斗苦战。人们为梦想而斗争，正如为财产而斗争一样。于是梦想即由幻象的世界，走进了现实的世界，而成为我们生命中的一个真实力量。梦想无论怎样模糊，总潜伏在我们心底，使我们的心境永远得不到宁静，直到这些梦想成为事实才止；像种子在地

下一样，一定要萌芽滋长，伸出地面来寻找阳光。所以梦想是真实的。我们有时也会有混乱的梦想和不符现实的梦想，那是很危险的。因为梦想也是逃避的方法之一：一个做梦者常常梦想要逃避这个世界，但是又不知道要逃避到哪里去。知更鸟常常引动浪漫主义者的幻想。人类有一种热烈的欲望，想把今日的我们变成另一种人，脱离现在的常轨；只要是可以促成变迁的事物，一般人便趋之若鹜。战争总是有吸引力的，因为它使城市里的事务员有机会可以穿起军服，扎起绑腿布，可以有机会免费旅行；同时在战壕里已经渡过三四年生活的兵士，而觉得厌倦了的时候，休战也是情愿的，因为这又使他们有机会回家再穿起平民的衣服，打上一根红领带了。人类显然需要这种刺激。假如世界真要避免战争的话，最好各国政府行一种制度，每隔十年募集二十岁至四十五岁的人，送他们到欧洲大陆去作一次旅行，去参观博览会一类的盛会。现在英国政府正在动用五十万英镑去重整军备，我想这笔款子尽够送每个英国人民到利维埃拉（Riviera，法国东南地中海边名胜区）去旅行一次了。他们以为战争的费用是必需

的，而旅行是奢侈。我觉得不很同意！旅行是必需的，而战争才是奢侈哩。

此外还有其他的梦想，如乌托邦的梦想和想长生不老的梦想，虽则也像其他的梦想一样地模糊，但是十分近于人情，而且是极其普遍。不过人类如果真的可以长生不死，到了那时恐怕他们也要不知所为。长生不死的欲望，跟站在另一极端的自杀心理属于同类。二者都厌恶这世界，以为现在的世界还不够好。如果问为什么现在的世界还不够好呢？我们只要在春天到乡间去游览一次，就能知道这句问话是不应该问而觉得惊异了。

乌托邦的梦想情形也是如此。理想仅是一种信仰另一世态的心境，不管它是什么一种世态，总之只要和现代人类的世态不同就是了。理想的自由主义者，往往相信本国是国家中最坏的国家。他所生活的社会是最坏不过的社会。他依然是那个在餐馆里照单点菜的家伙，相信邻桌所点的菜总比他自己所点的好吃。《纽约时报》“论坛”的作者说：在那些自由主义者的心目中，只有俄国的聂泊水闸是一个真正的水闸，而民主国家永没有建筑过水闸，当然也只有苏联才造过地底车道。在另一方面，法西斯报纸告诉他们的人民说，只有在他们的国度里，人类才找到世界上唯一合理的、正确的、可行的政体。

乌托邦的自由主义者和法西斯的宣传主任，他们的危险便在这里。为纠正起见，他们必须有一种幽默感。

我为何而生

罗素

对爱情的渴望，对知识的追求，对人类苦难不可遏制的同情，是支配我一生的单纯而强烈的三种感情。这些感情如阵阵飓风，吹拂在我动荡不定的生涯中，有时甚至吹过深沉痛苦的海洋，直抵绝望的边缘。

我所以追求爱情有三方面的原因。首先，爱情有时给我带来狂喜，这种狂喜竟如此有力，以至我常常会为了体验几小时的爱的喜悦，而宁愿牺牲生命中其他的一切。其次，爱情可以摆脱孤寂——身历那种可怕孤寂的人的战栗意识有时会由世界的边缘，观察到冷酷无生命的无底深渊。最后，在爱的结合中，我看到了古今圣贤以及诗人们所梦想的天堂的缩影，这正是我所追寻的人生境界。虽然它对一般的人类生活也许太美好，但这正是我透过爱情所得到的最终发现。

我曾以同样的感情追求知识，我渴望去了解人类的心灵，也渴望知道星星为什么会发光，同时我还想理解毕达哥拉斯的力量。

爱情与知识的可及领域，总是引领我到天堂的境界，可对人类苦难的同情却经常把我带回现实世界。那些痛苦的呼唤经常在我内心深处激起回响，饥饿中的孩子，被压迫被折磨着，给子女造成重担的孤苦无依的老人，以及全球无情的孤独、贫穷和痛苦的存在，是对人类生活理想的无视和讽刺。我常常希望能尽自己的微薄之力去减轻这不必要的痛苦，但我发现我完全失败了，因此我自己也感到很痛苦。

这就是我的一生，我发现人是值得活的。如果有谁再给我一次生活的机会，我将欣然接受这难得的赐予。

我的人生信念

托马斯·曼

不管是简单地或详细地，我觉得要将我对人生和世界的哲学概念或信念——或许应该说是我的观点，或我的感情？——有系统地陈述出来，是非常困难的一件事。经由图像和韵律间接表达我对世界和人生总是这种习惯并不适宜抽象的说明。我现在的情况，倒有点像浮士德被格列卿（Gretchen）问到他对宗教的态度时一样。

当然你的意思并不是要考问我，但事实上你的询问与此相似。因为就我个人而言，我认为要说出我对宗教的感觉可以说比要说出我对哲学的感觉容易些。真的，我否认我对精神方面的问题持有任何空论的态度。我一直惊奇于有些人为何这样轻易将“上帝”这两个词说出口——或甚至于写之于纸上。对我以及和我同类的人而言，在宗教上，某种程度的谦虚，甚至缺乏信心远比任何过度的自信更为适宜。我们似乎只能以间接的方法来研讨这些问题：利用比喻，即伦理的象征，这样可以使这概念与宗教脱离关系，暂时除掉教士袍，而只从事于合乎人性的精神问题的探讨。

最近我听到一位博学的朋友讨论RELIGLO这个拉丁词的来源和历史的一篇论文。这个词的动词形为RELEGFRD或RELIGARE,它的非宗教的意义是照顾、留心、想起等。它是NEGLEGFRE或NEGLIGERE(疏忽大意)的反义词，意指专心、挂虑和仔细、谨慎、小心之态度而言——也就是一切不当心和疏忽的相反词。整个拉丁时代，RELIGIO这个词似乎都保持着知觉、良心上的顾虑等意思。在最早的拉丁文字里，这个词的用法就是如此，并不一定与宗教或神的事情有关。

读了这文章我觉得很高兴。我对自己说，如果那样子便算是笃信宗教了，那么每位艺术家，仅以其艺术家的身份，都可大胆地自认为是笃信宗教的人了。因为还有什么会比不当心或疏忽更与艺术家的本性相悖呢？除了专心、谨慎、注意、深切的关怀——总而言之，仔细——之外，还有什么东西更能显著地表现出他的道德标准以及他与生俱来的特质呢？艺术工作者当然是最细心的人，智慧高的人都如此，而艺术家以其创造性的才华建造人生和心智间的桥梁，只是此一类型的一种表白而已——或者我们应该说，一个特别令人欣悦的怪物？是的，细心就是这种人最明显的特征；他深切而灵敏的注意着整个宇宙精神的意旨和活动，真理之外衣的更换，正确而必须的事物，换言之，即上帝的意旨。有心智和精神的人，必须不顾那些愚蠢，受到惊讶，依恋于当代颓废和罪恶事务的民众间所引起的恶感，而全心全意地为上帝服务。

那么，艺术家、诗人——由于他不但对自己的作品，而且对善、真，和上帝的意旨都能全神贯注——可以说是一个对宗教虔诚的人了。当歌德用下列词语赞美人的高贵命运时，他的意义就是如此。

思想永远正确的人，永远完美而伟大。

再换句话说：对我这类人而言，有人性才有对宗教的信仰。我的意思并不是说人性来自对人类的神化——事实上这根本没有什么根据！当一个人的话日日与冷酷无情的事实互相矛盾时，他在观察我们这些疯狂的人类之后，还敢尽发乐观的豪言吗？每日我们都看到人类在犯着十诫里的恶事；日日我们都为前途失望，我们非常了解为何天使们自创世以来一见到造物主对他那可疑的手工显出难解的偏心时，他们就会脸露轻蔑。然而——今天更甚以往——我觉得不管我们的怀疑如何有根据，我们绝对不能对人类心存讥讽和轻视。虽然人类的罪恶昭彰，但我们也不能忘记他在艺术的形式、科学、真理的追求、美的创造、正义的概念等方面所显露出来的伟大和可敬的特质。每当我们说出人类或人性这两个字眼时，我们便触及一个“大秘密”，如果我们对这“大秘密”已无知觉，那么我们便已经屈服于精神的死亡。

精神的死亡。这几个字听起来倒很有宗教味道，而且令人有异常严肃之感。今天我们的时代特别严酷，人类的整个问题以及我们对它的看法都有着生存死亡一般的严肃。对每个人而言，尤其是对艺术家，这是个精神存亡的问题；用宗教的术语来说，这是个救赎的问题。我深信：一位作家如果不能面对并且为他人解决人生问题，而致背叛精神界的事物，那么他自己本身已经是不可救药了。不可避免地，他将会发育不全，他的作品将蒙受损失，他的才能将会衰退，直到他不能赋予他的创造以生命。即使在他受责备以前所创造的作品，而且一直是上乘又有生命的东西，最后也将不再给人如此的印象。它将在人们眼前呈现完全崩溃的景象。以上这些便是我的信念；我的脑子里确有这样的例子。

当我说人类是一大神秘时，我是否夸大其词了呢？人类来自何方？他来自自然，来自自然界的动物，而且行为和其同类毫无差异。但是在其身上，自然发觉到他自己。自然创造了他，不仅仅是要他主宰他自己。也在他身上，自然敞开胸怀承接精神的奥妙。他探询、赞赏和判断自己，就仿佛是在一个既是他自己又是属于更高一层的一个创造物身上。发觉自己，便是有良心，能辨别善恶。较人类低一层的自然不知道这些。他是“无罪的”。但在人类身上，他便有罪了——也就是“所谓堕落”。人类便是自然离弃纯洁之后的堕落；这不是下降，而是上升，也就是说，有良心之情况乃高于无罪之状态。基督徒所谓的“原罪”不仅是使人接受教会控制的一种策略。那是作为精神体的人对其天生的柔弱、犯错的倾向，以及在精神上能够超越这些弱点的一种深切的觉醒。这是对自然的不忠吗？绝对不是。那是对自然最深邃的要求之反应。自然之创造出人类就是为了他本身精神化之目的。

这些概念既合乎基督教义，又合乎人情。而且很明显的，如果我们今天特别强调我们西方文化的基督教性质，对我们将会有益处。对于今天那些未受足够教育而企图“征服基督教”的一些人，我最反感。我同样深信未来的人类——也就是现在正从各种的努力和试验吸取生命，且为当代优秀人才努力奋斗的目标，那是即将诞生的，包含全人类的一种新知觉——在基督信仰的精神里，在基督教的二元论（亦即灵魂和肉体、精神和生命、真理和“此世界”）中，这种人文主义将永不会耗尽其生命力。

我深信人类的一切努力，必须能有助于这种新的人类的知觉之诞生，才能算是好的，值得的，当我们这个无望又无领导者的阶段过去之后，所有人类将生活在这一知觉的庇护与支配之下。我深信我这些分析和综合的努力。只有当它们与即将来临的诞生有关时，他们才有意义和价值。事实上，我相信一个新的、第三类人一定会到来，在面貌和基本性质上都将与其前辈不同。他以乐观的态度注视人类，但他不是过分夸赞人类，因为他有前人所没有的经验。他勇敢地面对人类的黑暗、凶恶，这些极端原始的一面；而对其超生物的精神价值也怀有敬仰。这新的人将是全世界性的——他会有艺术家的态度；就是说，他能认出人类的伟大的价值和美好乃在于人类是属于两大领域，自然界和精神界。他会知道在这一事实内，并不含有浪漫的冲突和悲剧的二元论；而是命运和自由抉择之完美有效的融合。基于此，才有对人类的爱心，而人类的悲观与乐观在此爱心中也会互相消融了。

年轻的时候，我迷惑于那将生活和精神、肉欲和超度互相对立的悲观而浪漫的宇宙观。从这宇宙观中艺术得到了一些最迷人的结果——虽然迷人，但对人类而言，却没有什么真实的意义和合理的价值。简言之，我是华格纳的信徒。但是大概由于年龄增长的关系，我的爱心和注意力逐渐地集中在一个更适当更健全的典范上：那便是歌德。他是恶魔和文雅的混合体，也因此使他成为人类的骄子。我并不是轻率地选择他作为我穷尽毕生之力以赴的史诗之英雄，他是一位得到天地万物赐福的人。

约瑟夫的父亲雅各曾对他赐福，是希望他幸福的一个愿望。就我而言，这是对我理想的人类最简要的说明。不管在心灵和人格领域内的任何地方，只要我能发现我把这些理想表现出来，例如黑暗和光明，情感和理智，原始和文明。智慧和愉快的心灵等之融合——简言之，即我们所谓人的那有人性的神秘体：我就献出我最诚挚的忠诚，我的心就有其安心的所在。让我说得更清楚些：我的意思并不是把浪漫变得更微妙，也不是把野蛮变得更精致。我只是将自然阐明，那便是文化；作为艺术家的人类，艺术乃是人类步向自己的崎岖道上的向导。

对人类的一切爱需留待未来，对艺术之爱也是如此。艺术就是希望……我不是断言人类未来的希望落在艺术家的肩膀上；而是说艺术是所有人类希望的表现，是幸福而平衡的人类影像和模范，我喜欢常常想着：一个未来即将到来，那时一切非由智能控制的艺术，我们将它斥之为魔术，没有头脑不负责任的本能之产品。我们之斥责它，就如它在像我们现在所处这样无能的时代里受到赞扬一样。事实上，艺术并非完全是甜美和光明。它也不全然像地球深处那么黝黑、盲目与古怪，它不仅仅是“生活”。未来的艺术家对其艺术将有更清晰、更恰当的见解；艺术是天使的魔术，它是生活和精神之间有翅膀，有魔力，有幻影的调和者，因为一切调和之本身便是精神。

二
以自己喜欢的方式，过自己想要的生活

生活不是攀爬高山，也不是深潜海沟，它只是在一张标配的床上睡出你的身形。我所理解的生活就是和自己喜欢的一切在一起。

要么庸俗，要么孤独

叔本华

能够自得其乐，感觉到万物皆备于我，并可以说出这样的话：我的拥有就在我身——这是构成幸福的最重要的内容。因此，亚里士多德说过的一句话值得反复回味：幸福属于那些容易感到满足的人（这也是尚福的妙语所表达的同一样思想，我把这句妙语作为警句放置这本书的开首）。这其中的一个原因是人除了依靠自身以外，无法有确切把握地依靠别人；另一个原因则是社会给人所带来的困难和不便、烦恼和危险难以胜数、无法避免。

获取幸福的错误方法莫过于追求花天酒地的生活，原因就在于我们企图把悲惨的人生变成接连不断的快感、欢乐和享受。这样，幻灭感就会接踵而至；与这种生活必然伴随而至的还有人与人的相互撒谎和哄骗。

首先，生活在社交人群当中必然要求人们相互迁就和忍让；因此，人们聚会的场面越大，就越容易变得枯燥乏味。只有当一个人独处的时候，他才可以完全成为自己。谁要是不热爱独处，那他也就是不热爱自由，因为只有当一个人独处的时候，他才是自由的。拘谨、掣肘不可避免地伴随着社交聚会。

社交聚会要求人们做出牺牲，而一个人越具备独特的个性，那他就越难做出这样的牺牲。因此，一个人逃避、忍受抑或喜爱独处是和这一个人自身具备的价值恰成比例。因为在独处的时候，一个可怜虫就会感受到自己的全部可怜之处，而一个具有丰富思想的人只会感觉到自己丰富的思想。一言以蔽之：一个人只会感觉到自己的自身。进一步而言，一个人在大自然的级别中所处的位置越高，那他就越孤独，这是根本的，同时也是必然的。如果一个人身体的孤独和精神的孤独互相对应，那反倒对他大有好处。否则，跟与己不同的人进行频繁的交往会扰乱心神，并被夺走自我，而对此损失他并不会得到任何补偿。

大自然在人与人之间的道德和智力方面定下了巨大差别，但社会对这些差别视而不见，对每个人都一视同仁。更有甚者，社会地位和等级所造成的人为的差别取代了大自然定下的差别，前者通常和后者背道而驰。受到大自然薄待的人受益于社会生活的这种安排而获得了良好的位置，而为数不多得到了大自然青睐的人，位置却被贬低了。因此，后一种人总是逃避社交聚会。而每个社交聚会一旦变得人多势众，平庸就会把持统治的地位。社交聚会之所以会对才智卓越之士造成伤害，就是因为每一个人都获得了平等的权利，而这又导致人们对任何事情都提出了同等的权利和要求，尽管他们的才具参差不一。接下来的结果就是：人们都要求别人承认他们对社会做出了同等的成绩和贡献。所谓的上流社会承认一个人在其他方面的优势，却唯独不肯承认一个人在精神思想方面的优势；他们甚至抵制这方面的优势。

社会约束我们对愚蠢、呆笨和反常表现出没完没了的耐性，但具有优越个性的人却必须请求别人对自己的原谅；或者，他必须把自己的优越之处掩藏起来，因为优越突出的精神思想的存在，本身就构成了对他人的损害，尽管它完全无意这样做。因此，所谓“上流”的社交聚会，其劣处不仅在于它把那些我们不可能称道和喜爱的人提供给我们，同时，还不允许我们以自己的天性方式呈现本色；相反，它强迫我们为了迎合别人而扭曲、萎缩自己。具有深度的交谈和充满思想的话语只能属于由思想丰富的人所组成的聚会。在泛泛和平庸的社交聚会中，人们对充满思想见识的谈话绝对深恶痛绝。所以，在这种社交场合要取悦他人，就绝对有必要把自己变得平庸和狭窄。

因此，我们为达到与他人相像、投契的目的就只能拒绝大部分的自我。当然，为此代价，我们获得了他人的好感。但一个人越有价值，那他就越会发现自己这样做实在是得不偿失，这根本就是一桩赔本的买卖。人们通常都是无力还债的；他们把无聊、烦恼、不快和否定自我强加给我们，但对此却无法做出补偿。绝大部分的社交聚会都是这样的实质。放弃这种社交聚会以换回独处，那我们就是做成了一桩精明的生意。另外，由于真正的、精神思想的优势不会见容于社交聚会，并且也着实难得一见，为了代替它，人们就采用了一种虚假的、世俗常规的、建立在相当随意的原则之上的东西作为某种优越的表现——它在高级的社交圈子里传统般的传递着，就像暗语一样可以随时更改。这也就是人们名之为时尚或时髦的东西。但是，当这种优势一旦和人的真正优势互相碰撞，它就马上显示其弱点。并且，“当时髦进入时,常识也就引退了。”

大致说来，一个人只能与自己达至最完美的和谐，而不是与朋友或者配偶，因为人与人之间在个性和脾气方面的差异肯定会带来某些不相协调，哪怕这些不协调只是相当轻微。因此，完全、真正的内心平和和感觉宁静——这是在这尘世间仅次于健康的至高无上的恩物——也只有在一个人孤身独处的时候才可觅到；而要长期保持这一心境，则只有深居简出才行。

这样，如果一个人自身既伟大又丰富，那么，这个人就能享受到在这一贫乏的世上所能寻觅得到的最快活的状况。确实，我们可以这样说：友谊、爱情和荣誉紧紧地把人们联结在一起，但归根到底人只能老老实实地寄望于自己，顶多寄望于他们的孩子。由于客观或者主观的条件，一个人越不需要跟人们打交道，那么，他的处境也就越好。孤独的坏处就算不是一下子就被我们感觉得到，也可以让人一目了然；相比之下，社交生活的坏处却深藏不露：消遣、闲聊和其他与人交往的乐趣掩藏着巨大的，通常是难以弥补的祸害。青年人首要学习的一课，就是承受孤独，因为孤独是幸福、安乐的源泉。据此可知，只有那些依靠自己，能从一切事物当中体会到自身的人才是处境最妙的人。所以，西塞罗说过，“一个完全依靠自己，一切称得上属于他的东西都存在于他的自身的人是不可能不幸福的。”

除此之外，一个人的自身拥有越多，那么，别人能够给予他的也就越少。正是这一自身充足的感觉使具有内在丰富价值的人不愿为了与他人的交往而做出必需的、显而易见的牺牲；他们更不可能会主动寻求这些交往而否定自我。相比之下，由于欠缺自身内在，平庸的人喜好与人交往，喜欢迁就别人。这是因为他们忍受别人要比忍受他们自己来得更加容易。此外，在这世上，真正具备价值的东西并不会受到人们的注意，受人注意的东西却往往缺乏价值。每一个有价值的、出类拔萃的人都宁愿引退归隐——这就是上述事实的证明和结果。据此，对于一个具备自身价值的人来说，如果他懂得尽量减少自己的需求以保存或者扩大自己的自由，尽量少与他的同类接触——因为这世上人是无法避免与其同类打交道的，那么，这个人也就具备了真正的人生智慧。

促使人们投身于社会交往的，是人们欠缺忍受孤独的能力——在孤独中人们无法忍受自己。他们内心的厌烦和空虚驱使他们热衷于与人交往和到外地旅行、观光。他们的精神思想欠缺一种弹力，无法自己活动起来；因此，他们就试图通过喝酒提升精神，不少人就是由此途径变成了酒鬼。出于同样的原因，这些人需要得到来自外在的、持续不断的刺激——或者，更准确地说，通过与其同一类的人的接触，他们才能获取最强烈的刺激。一旦缺少了这种刺激，他们的精神思想就会在重负之下沉沦，最终陷进一种悲惨的浑噩之中。

我们也可以说：这类人都只各自拥有人性的理念之中的一小部分内容。因此，他们需要得到他人的许多补充。只有这样，他们才能在某种程度上获得人的完整意识。相比之下，一个完整、典型的人就是一个独立的统一体，而不是人的统一体其中的一小

部分。因此，这个人的自身也就是充足完备的。在这种意义上，我们可以把平庸之辈比之于那些俄罗斯兽角乐器。每只兽角只能发出一个单音，把所需的兽角恰当地凑在一起才能吹奏音乐。大众的精神和气质单调、乏味，恰似那些只能发出单音的兽角乐器。

确实，不少人似乎毕生只有某种一成不变的见解，除此之外，就再也没有能力产生其他的念头和思想了。由此不但解释清楚为什么这些人是那样的无聊，同时也说明了他们何以如此热衷于与人交往，尤其喜欢成群结队地活动。这就是人类的群居特性。人们单调的个性使他们无法忍受自己，“愚蠢的人饱受其愚蠢所带来的疲累之苦”。人们只有在凑到一块、联合起来的时候，才能有所作为。这种情形与把俄罗斯兽角乐器集合起来才能演奏出音乐是一样的道理。但是，一个有丰富思想头脑的人，却可以跟一个能单独演奏音乐的乐手相比；或者，我们可以把他比喻为一架钢琴。钢琴本身就是一个小型乐队。同样，这样一个人就是一个微型世界。其他人需要得到相互补充，但这种人的单个的头脑意识本身就已经是一个统一体。就像钢琴一样，他并不是一个交响乐队中的

一分子，他更适合独自一人演奏。如果他真的需要跟别人合作演奏，那他就只能作为得到别的乐器伴奏的主音，就像乐队中的钢琴一样。或者，他就像钢琴那样定下声乐的调子。

那些喜爱社会交往的人尽可以从我的这一比喻里面得出一条规律：交往人群所欠缺的质量只能在某种程度上通过人群的数量得到弥补。有一个有思想头脑的同伴就足够了。但如果除了平庸之辈就再难寻觅他人，那么，把这些人凑足一定的数量倒不失为一个好的办法，因为通过这些人的各自差异和相互补充——沿用兽角乐器的比喻——我们还是会有所收获的。但愿上天赐予我们耐心吧！同样，由于人们内心的贫乏和空虚，当那些更加优秀的人们为了某些高贵的理想目标而组成一个团体时，最后几乎无一例外都遭遇这样的结果：在那庞大的人群当中——他们就像覆盖一切、无孔不钻的细菌，随时准备着抓住任何能够驱赶无聊的机会——总有那么一些人混进或者强行闯进这一团体。用不了多长时间，这个团体要么遭到了破坏，要么就被篡改了本来面目，与组成这一团体的初衷背道而驰。

除此之外，人的群居生活可被视为人与人相互之间的精神取暖，这类似于人们在寒冷的天气拥挤在一起以身体取暖。不过，自身具有非凡的思想热力的人是不需要与别人拥挤在一块的。在

《附录和补遗》的第二卷最后一章里，读者会读到我写的一则表达这层意思的寓言。一个人对社会交往的热衷程度大致上与他的精神思想的价值成反比。这一句话，“他不喜好与人交往”，就几乎等于说“他是一个具有伟大素质的人”了。

孤独为一个精神禀赋优异的人带来双重的好处：第一，他可以与自己为伴；第二，他用不着和别人在一起。第二点弥足珍贵，尤其我们还记得社会交往所意味着的束缚、烦扰甚至危险，拉布叶说过：“我们承受所有不幸皆因我们无法独处。”热衷于与人交往其实是一种相当危险的倾向，因为我们与之打交道的大

部分人道德欠缺、智力呆滞或者反常。不喜交际其实就是不稀罕这些人。一个人如果自身具备足够的内涵，以致根本没有与别人交往的需要，那确实是一大幸事；因为几乎所有的痛苦都来自于与人交往，我们平静的心境——它对我们的幸福的重要性仅次于健康——会随时因为与人交往而受到破坏。

没有足够的独处生活，我们也就不可能获得平静的心境。犬儒学派哲学家放弃所拥有的财产、物品，其目的就是为了能够享受心境平和所带来的喜悦。谁要是为了同样的目的而放弃与人交往，那他也就做出了一个最明智的选择。柏那登·德·圣比埃的话一语中的，并且说得很美妙：“节制与人交往会使我们心灵平静。”因此，谁要是在早年就能适应独处，并且喜欢独处，那他就不啻获得了一个金矿。当然，不是每一个人都能够这样做。正如人们从一开始就受到匮乏的驱赶而聚集在一起，一旦解决了匮乏，无聊同样会把人们驱赶到一块。如果没有受到匮乏和无聊的驱赶，人们或许就会孤身独处，虽然其中的原因只是每个人都自认为很重要，甚至认为自己是独一无二的，而独自生活恰好适合如此评价自己的人；因为生活在拥挤、繁杂的世人当中，就会变得步履艰难，左右掣肘，心目中自己的重要性和独特性就会被大打折扣。在这种意义上说，独处甚至是一种自然的、适合每一个人的生活状态：它使每一个人都像亚当那样重新享受原初的、与自己本性相符的幸福快乐。

但当然，亚当并没有父亲和母亲！所以，从另一种意义上说，独处对于人又是不自然的，起码，当人来到这一世界时，他发现自己并不是孑然一身。他有父母、兄弟、姐妹，因此，他是群体当中的一员。据此，对独处的热爱并不是一种原初的倾向，而是在经历经验和考虑以后的产物；并且，对独处的喜爱随着我们精神能力的进展和与此同时岁数的增加而形成。所以，一般而言，一个人对社会交往的渴望程度与他的年龄大小成反比。

年幼的小孩独自待上一会儿就会惊恐和痛苦地哭喊。要一个男孩单独一人则是对他的严厉惩罚。青年人很容易就会凑在一块，只有那些气质高贵的青年人才会有时候试图孤独一人，但如果单独待上一天的时间，则仍然是困难的。但成年人却可以轻而易举做到这一点，他们已经可以独处比较长的时间了；并且，

年纪越大，他就越能够独处。最后，到达古稀之年的老者，对生活中的快感娱乐要么不再需要，要么已经完全淡漠，同辈的人都已一一逝去，对于这种老者来说，独处正好适合他们的需要。但就个人而言，孤独、离群的倾向总是与一个人的精神价值直接相关。这种倾向正如我已经说过的，并不纯粹自然和直接地出自我们的需要，它只是我们的生活经验和对此经验进行思考以后的结果，它是我们对绝大多数人在道德和思想方面的悲惨、可怜的本质有所认识以后的产物。我们所能碰到的最糟糕的情形莫过于发现在人们的身上，道德上的缺陷和智力方面的不足共同联手作祟，那样，各种令人极度不快的情形都会发生。我们与大部分人进行交往时都感到不愉快，甚至无法容忍，原因就在这里。因此，虽然在这世界上不乏许许多多的糟糕东西，但最糟糕的莫过于聚会人群。甚至那个交际广泛的法国人伏尔泰也不得不承认："在这世上，不值得我们与之交谈的人比比皆是。"个性温和的彼特拉克对孤独有着强烈的、永恒不变的爱。他也为自己的这种偏好说出了同样的理由：

我一直在寻求孤独的生活，河流、田野和森林可以

告诉你们，我在逃避那些渺小、浑噩的灵魂，我不可以透过他们找到那条光明之路。

彼特拉克在他优美的《论孤独的生活》里面，详细论述了独处的问题。他的书似乎就是辛玛曼的那本著名的《论孤独》的摹本。尚福以一贯嘲讽的口吻谈论了导致不喜与人交往的这一间接和次要的原因。他说：有时候，人们在谈论一个独处的人时，会说这个人不喜欢与人交往，这样的说法就犹如当一个人不愿意深夜在森林行走，我们就说这个人不喜欢散步一样。甚至温柔的基督教徒安吉奴斯也以他独特、神秘的语言表达了一模一样的意思：

希律王是敌人，上帝在约瑟夫的睡梦中让他知晓危险的存在。

伯利恒是俗界，埃及则是孤独之处。

我的灵魂逃离吧！否则痛苦和死亡就等待着你。

同样，布鲁诺也表示了这一意见："在这世上，那些想过神圣生活的人，都异口同声地说过：噢，那我就要到远方去，到野外居住。"波斯诗人萨迪说："从此以后，我们告别了人群，选择了独处之路，因为安全属于独处的人。"他描述自己说："我厌恶我的那些大马士革的朋友，我在耶路撒冷附近的沙漠隐居，寻求与动物为伴。"一句话，所有普罗米修斯用更好的泥土塑造出来的人都表达了相同的见解。这类优异、突出的人与其他人之间的共通之处只存在于人性中的最丑陋、最低级，亦即最庸俗、最渺小的成分；后一类人拉帮结伙组成了群体，他们由于自己没有能力登攀到前者的高度，所以也就别无选择，只能把优秀的人们拉到自己的水平。这是他们最渴望做的事情。

试问，与这些人的交往又能得到什么喜悦和乐趣呢？因此，尊贵的气质情感才能孕育出对孤独的喜爱。无赖都是喜欢交际的；他们的确可怜。相比之下，一个人的高贵本性正好反映在这个人无法从与他人的交往中得到乐趣，他宁愿孤独一人，而无意与他人为伴。然后，随着岁月的增加，他会得出这样的见解：在这世上，除了极稀少的例外，我们其实只有两种选择：

要么是孤独，要么就是庸俗。这话说出来虽然让人不舒服，但安吉奴斯——尽管他有着基督徒的爱意和温柔——还是不得不这样说：孤独是困苦的；但可不要变得庸俗；因为这样，你就会发现到处都是一片沙漠。对于具有伟大心灵的人来说——他们都是人类的真正导师——不喜欢与他人频繁交往是一件很自然的事情，这和校长、教育家不会愿意与吵闹、喊叫的孩子们一起游戏、玩耍是一样的道理。这些人来到这个世上的任务就是引导人类跨越谬误的海洋，从而进入真理的福地。他们把人类从粗野和庸俗的黑暗深渊中拉上来，把他们提升至文明和教化的光明之中。

当然，他们必须生活在世俗男女当中，但却又不曾真正地属于这些俗人。从早年起他们就已经感觉到自己明显与他人有别，但只是随着时间的流逝才逐渐清晰地认识到自己的处境。他们与大众本来就有精神上的分离，现在，他们刻意再辅之以身体上的分离；任何人都不可以靠近他们，除非这些人并不属于泛泛的平庸之辈。

由此可知，对孤独的喜爱并不是一个原初的欲望，它不是直接形成的，而是以间接的方式、主要是在具有高贵精神思想的人们那里逐渐形成。在这个过程中我们免不了要降服那天然的、希望与人发生接触的愿望，还要不时地抗拒魔鬼靡菲斯特的悄声的建议：

> 停止抚慰你那苦痛吧，它像一只恶鹰吞噬着你的胸口！
>
> 最糟糕的人群都会让你感觉到你只是人类中的一员而已。
>
> ——《浮士德》

孤独是精神卓越之士的注定命运：对这一命运他们有时会唏嘘不已，但是他们总是两害相权取其轻地选择了孤独。随着年岁的增长，在这方面做到“让自己遵循理性”变得越来越容易和自然。当一个人到了60岁的年龄，他对孤独的渴望就已经真正地合乎自然，甚至成为某种本能了，因为到了这个年纪，一切因素都结合在一起，帮助形成了对孤独的渴望。对社交的强烈喜好，亦即对女人的喜爱和性的欲望，已经冷淡下来了。

事实上，老年期无性欲的状态为一个人达至某种的自足无求打下了基础；而自足无求会逐渐吸掉人对于社会交往的渴望。我们放弃了花样繁多的幻象和愚蠢行为；活跃、忙碌的生活到了此时也大都结束了。这时，再没有什么可期待的了，也不再有什么计划和打算。我们所隶属的一代人也所剩无几了。周围的人群属于新的、陌生的一代，我们成了一种客观的、真正孤零零的存在。时间的流逝越来越迅速，我们更愿意把此刻的时间投放在精神思想方面。因为如果我们的头脑仍然保持精力，那么，我们所积累的丰富知识和经验，逐步经过完善了的思想见解，以及我们所掌握的运用自身能力的高超技巧都使我们对事物的研究比起以往更加容易和有趣。无数以前还是云山雾罩的东西，现在都被我们看得清晰明白；事情有了个水落石出的结果，我们感觉拥有了某种彻底的优势。

丰富的阅历使我们停止对他人抱有太高的期待，因为，总的说来，他人并不都是些经我们加深了解以后就会取得我们的好感和赞许的人。相反，我们知道，除了一些很稀有和幸运的例子以外，我们碰到的除了是人性缺陷的标本以外，不会是别的东西。对于这些人我们最好敬而远之。因此，我们不再受到生活中惯常幻象的迷惑。我们从一个人的外在就可以判断其为人；我们不会渴望跟这种人做更深入的接触。最后，与人分离、与自己为伴的习惯成为了我们的第二天性，尤其当孤独从青年时代起就已经是我们的朋友。因此，对于独处的热爱变成了最简单和自然不过的事情。但在此之前，它却必须先和社交的冲动做一番角力。在孤独的生活中，我们如鱼得水。所以，任何出色的个人——正因为他是出色的人，他就只能是鹤立鸡群、形单影只——在年轻时都受到这必然的孤独所带来的压抑，但到了老年，他可以放松地长舒一口气了。

当然，每一个人享受老年好处的程度，由这个人的思想智力所决定。因此，虽然每个人都在某种程度上享受到老年期的好处，但只有精神卓越的人才最大限度地享受老年的时光。只有那些智力低劣和素质太过平庸的人才会到了老年仍然像在青年时期那样对世俗人群乐此不疲。对于那个不再适合他们的群体来说，他们既啰唆又烦闷；他们顶多只能做到使别人容忍他们。但这以前，他们可是受到人们欢迎的人。

我们的年龄和我们对社交的热衷程度成反比——在这里，我们还可以发现哲学上的目的论发挥了作用。一个人越年轻，他就越需要在各个方面学习。这样，大自然就为年轻人提供了互相学习的机会。人们在与自己相仿的人交往时，也就是互相学习了。在这方面，人类社会可被称为一个庞大的贝尔·兰卡斯特模式的教育机构。一般的学校和书本教育是人为的，因为这些东西远离大自然的计划。所以，一个人越年轻，他就越感兴趣进入大自然的学校——这合乎大自然的目的。

正如贺拉斯所说的，“在这世上根本就没有什么完美无瑕”。印度的一句谚语说：“没有不带茎柄的莲花。”所以，独处虽然有着诸多好处，但也有小小的不便和麻烦。不过，这些不便和麻烦与跟众人在一起时的坏处相比却是微不足道的。因此，一个真正有内在价值的人肯定会发现孤身的生活比起与他人在一起更加轻松容易。但是，在孤独生活的诸多不便当中，一个不好之处却并不容易引起我们的注意：正如持续待在室内会使我们的身体对外界的影响变得相当敏感，一小阵冷风就会引致身体生病；同样，长期离群索居的生活会使我们的情绪变得异常敏感，一些不值一提的小事、话语，甚至别人的表情、眼神，都会使我们内心不安、受伤和痛苦。相比之下，一个在熙攘、繁忙当中生活的人却完全不会注意到这些鸡毛蒜皮的事情。

如果一个人出于对别人的有理由的厌恶，迫于畏惧而选择了孤独的生活，那么，对于孤独生活的晦暗一面他是无法长时间忍受的，尤其正当年轻的时候。我给予这种人的建议就是养成这样的习惯：把部分的孤独带进社会人群中去，学会在人群中保持一定程度上的孤独。这样，他就要学会不要把自己随时随地的想法马上告诉别人；另外，对别人所说的话千万不要太过当真。他不能对别人有太多的期待，无论在道德上抑或在思想上。对于别人的看法，他应锻炼出一副淡漠、无动于衷的态度，因为这是培养值得称道的宽容的一个最切实可行的手段。

虽然生活在众人之中，但他不可以完全成为众人的一分子；他与众人应该保持一种尽量客观的联系。这样会使他避免与社会人群有太过紧密的联系，这也就保护自己免遭别人的中伤和侮辱。关于这种与人交往的节制方式，我们在莫拉丹所写的喜剧《咖啡厅或新喜剧》中找到那值得一读的戏剧描写，尤其在剧中第一幕的第二景中对D.佩德罗的性格的描绘。从这种意义上说，我们可以把社会人群比喻为一堆火，明智的人在取暖的时候懂得与火保持一段距离，而不会像傻瓜那样太过靠近火堆；后者在灼伤自己以后，就一头扎进寒冷的孤独之中，大声地抱怨那灼人的火苗。

把自己的生命，换成有永久价值的事业

罗家伦

我们人类的生命很多，宇宙间万物的生命更多。生之现象，非常普遍。但是我们为什么生在世上？这个问题，数千年来经过多少哲学家科学家的研讨和追求。如果做了人而对于人生的意义不明了，浑浑噩噩，糊涂一世，那他真是白活了。因为对于本身的生命还不明白，我们的行为，就没有标准；我们的态度，也无从确定。有许多人觉得生活很是痛苦，恨不得立刻把自己的生命毁灭掉。他觉得活在世上，乃是尝着无穷尽的痛苦；在生命的背后，似乎有一种黑暗的魔力，时刻逼着他向苦难的路上推动，使他欲生不能，欲死不得；因此他常想设法解除这生命的痛苦。佛教所谓“涅槃”，也就是谋解除生命痛苦的一个方法。不过是否真能解除，乃是另一问题。又有些人认生命是快乐的，以为世界上一切事物，宇宙间一切创作，都是供我们享受的，遂成为一种绝对的享乐主义。其他对于生命所抱的态度很多，要皆各有其见解。我们若是不知道生命真正的意义，就会彷徨歧路，感觉生命的空虚，于是一切行动，茫无所措。所以我们对于这个问题，至少应该有一种初步的，也就是基本的反省。

第一，在无量数生命中，人的生命何以有特别意义？

如果就“生命”二字来讲，它的意义非常广泛。谈到宇宙的生命，其含义更深。这个纯粹的哲学问题，此处暂且不讲。生命既然很多，人类的生命，不过为宇宙无穷生命之一部分。庄子说：“朝菌不知晦朔，蟪蛄不知春秋”，朝菌蟪蛄，何尝没有生命？大之如“天山龙”，固曾有其生命，小之如微生物，也有生命。但是在这无量数的生命中，为什么人的生命，才有特殊的意义？为什么人的生命，才有特殊的价值？为什么只有人才对他的生命发生意义和价值的问题？

第二，生命是变动的，物我之间，究有什么关系？

生命是变动的。我们身上的细胞，每天有多少新的生出来，多少陈旧的逐渐死去。这种新陈代谢的变动，可说无一刻停止。我们采取动植矿物的滋养成分为食料，以增加我们的新细胞，维持我们的生长；但一旦人死了，身体的有机组织，又渐腐败分离，为其他动植矿物所吸收。生命之循环，变化无已。我们若分析人类的生命，与其他动植物的生命，可以发生许多哲学上的推论。如近代柏格森、杜里舒等哲学系统，都是由此而来的。即梁启超的今日之我非昨日之我，故不惜今日之我与昨日之我宣战的一段话，也是由于观察生命不断变动的现象而来的，不过他得到的是不正确的推论罢了。可见我们总是想到在生命不断的变动当中，物我之间究有什么关系这个问题。

第三，生命随着时间容易过去。

生命随着真实的时空不断地过去。人生上寿，不过百年，转瞬消逝，于是便有“生为尧舜死亦枯骨，生为桀纣死亦枯骨”之感。在悠悠无穷的时间中，人的一生不过一刹那。印度人认宇宙曾经多少劫；每劫若干亿万年。人的生命，在这无数劫中，还不是一刹那吗？若仅就生命现在的一刹那看来，时光实在过于短促；生命的价值，如果仅以一刹那之长短来估定，那末人生实在没有多大意义。尧舜苦心经营创制，不过是一刹那的过去；桀纣醉生梦死，作恶殃民，也不过是一刹那的过去。若是把他们的生命价值认为相等，岂非笑话！故以生命之久暂来估定他的意义与价值，当然是不妥。一个人只要有高尚的思想，伟大的人格，虽不生为百岁老人，亦有何伤？否则上寿百岁与三十四十岁而死者，从无穷尽的时间过程看来，都不过是一刹那。欲从这时间久暂上来求得生命的意义，真是微乎其微。故生命的意义，当然别有所在。这就是我们对于生命初步的反省。我们从此得到了三个认识，就是：生命是无数的，生命是变动的，生命是容易过去的。

人生的意义在能认识和创造生命的价值。宇宙间的生命，既是如此的多，何以只是人类的生命，才有特别的意义？想解答这个问题，是属于价值哲学的研究。人的生命之所以有意义，乃是因为人能认识和创造人生的价值。因为人类能够反省，所以他能对于宇宙整个的系统，求得认识；更能从宇宙的整个系统之中，认识其本身价值之所在。人类的生命，虽然限制在一定的空时系统之中，但是他能够扩大经验的范围，不受环境的束缚；能够离开现实的环境而创造理想的意境。其他动物则不能如此。例如蛙在井中，则以井为其唯一的天地；离开了井，它便一无认识。人类则不然，其意境所托，可以另辟天地。只有人才能把世上的事事物物，分析观察，整理成一个系统，探讨彼此间的关系，以求得存在于这个系统内的原理，并且能综合各种原理，以推寻生命的究竟。说到人类能创造价值一层，对于生命的意义，尤关重要。一方面他固须接受前人对于人生已定了的价值表，一方面更须自己重新定出价值表来，不断地根据这种新的启示，鼓励自己和领导大家从事于创造事业和完成使命。如此，不但个人的生命，不致等闲消失，并且把整个人类生命的意义提高。古圣先哲，终生的努力，就在于此。这是旁的生命所不能做，而为人类生命所能独到的。所以说宇宙间的生命虽是无量数，唯有人类的生命才有特殊的意义。

人格的统一性与一贯性。生命不断地变，但必须求得当中不变的真理。我们人类虽每天吸收动植矿物的滋养成分，以促进身体上新陈代谢的变化，但是生命当中所包含的真理，决不因生理上的变化而稍移易。这种生命的一贯性和统一性，就是人格。人因为有人格，所以不致因为今日食猪肉，就发猪脾气；明天食牛肉，就发牛脾气。只是以一切的物质，为我们生命的燃料罢了！至于“今日之我与昨日之我宣战”的见解，正是因为缺乏了整个的人格观念，所以陷入于可笑的矛盾。世界上人与人相处，彼此之间全赖有人格的认识。大家所共认为是善人的，应该今日如此，明日也必定如此；今年如此，明年也必定如此。若是人类无此维系，便无人类的社会可言。所谓人格，就是一贯的自我。他应当是根据我们对于宇宙系统的研究与反省所得到的精确认识，而向着完满的意境前进，向着真善美的世界发展的。他须努力使生命格外美满和谐，使个人的生命与整个宇宙的生命相协调。他更须佐以渊博的知识，培以丰富纯正的感情，从事于促成生命系统的完善。这种好的人格才真是一贯的；因为是一贯的，所以是经得起困苦艰难，决不会随着变幻的外界现象而转移的。有了这种人格，然后在整个宇宙的生命系统当中，人的生命才可立定一个适当的地位。倘若今日如此，明日如彼；苟且偷安，随波逐流，便认为是自我的满足；那不但是无修养，而且是无人格。人与其他生物的分际，就在人格上。人虽吸收了若干外来的食物成分，变其血轮，变其细胞，变其生理上的一切，但他的人格，理想上的人格，永久不变，这就是人格的统一性与一贯性。可见生命虽不断地变，尚有不变者在。这也是人类生命的特殊性。

要保持生力，从力行中以生命来换取伟大的事业。生命随着时间容易过去。《庄子》上所说的朝菌蟪蛄，固然生命很短；楚南冥灵，以五百岁为春，五百岁为秋，上古大椿，以八千岁为春，八千岁为秋，这种生命可以说是很长了，然而在整个时间系统之中，又何尝不是一刹那的过去？故生命的长短，不足以决定生命之价值。生命之价值，要看生命存在的意义如何，乃能决定。吾人之生，决定要有一种作为。生命虽易过去，但有一点不灭，那就是以生命所换来永不磨灭的事业。古今来已死过了的生命不知有多少，若以四万万人每人能活到六十岁来计算，那么，每六十年要死去四万万，一百二十年就死去八万万，照此推算下去，有史以来，过去了的生命，不知若干万万。但是古今来立德立功立言的人，名垂青史，虽在千百年以后，也还是为人所景仰崇拜；那些追随流俗，一事无成的人，他的姓名，及身就不为人所知，到了后代，更如飘忽的云烟，一些痕迹也不曾留着。所以唯有事业，才是人生的成绩，人类的遗产。

孔子虽死，他的伦理教训，仍然存在；秦始皇虽死，他为中国立下的大一统规模，依然存在；拿破仑已死，他的法典，仍然存在。生命虽暂，而以生命换来的事业，是不会磨灭的；其事业的精神，也永远会由后人继承了去发扬光大。诸葛亮在隆中，自比管乐；管乐生在数百年前，其遗留的事业精神，诸葛亮继承着去发扬光大。左宗棠平新疆，以“新亮”自居，也就是隐然以诸葛亮自承。所以生命之易消逝，不足为忧；所忧者当在这有限的生命，能否换来无限光荣的事业。若是苟且偷生，闲居待死，就是活到九十或百岁，仍与人类社会无关。生命千万不可浪费，浪费生命是最可惜的事。萧伯纳曾叹人生活到可以创造事业的年龄，即行死去，觉得太不经济。他想如果人能和基督教创世记所载的眉寿是拉一样，活到九百六十九岁，则文明的进步岂不更有可观。但这是文学家的理想，是做不到的事。然而西洋人利用生命的时间，比中国人却经济多了。

西洋人从四十岁到七十岁为从事贡献于政治、文艺、哲学、科学以及工商社会事业的有效时期，而中国人四十岁以后即呈衰老，到六十岁就打算就木。两相比较，中国人生命的短促和浪费，真可惊人！我们既然不能希望活到九百六十九岁的高龄，那我们就得把这七八十年的一段生命，好好利用。我们要有长命的企图，我们同时要有短命的打算。长命的企图是我们不要把生命消耗在无意义的方面。短命的打算是我们要活一天做两天的事，活一年做两年的事。不问何时死去，事业先已成就。我们生在世上一天，就得充分的保持和发挥自己的生力一天。无生力的生命，是不会成就事业的，无永久价值的事业的生命，是无声无臭度过的。

所以人生在世，不要因生命之数量过多及其容易消逝而轻视生命，不要因生命之时常变动而随波逐流，终至侮辱生命。我们须得对人生的价值有认识，对人格能维持其一贯性；以鞠躬尽瘁，死而后已的精神，加紧的去把自己的生命，换成有永久价值的事业。这样，才不是偷生，才不是枉生！

相信自己，做自己的神灵

爱默生

最后，不仅我们的宗教，我们的教育，我们的艺术，眼睛朝外看，而且，就是我们的社会精神也同样如此。人人都以社会改良为荣，然而在我看来，却没有一个人有所改良。

还是让我实话实说吧：我们的社会从来就没有前进，它在一个方面有所退步，而在另一个方面则有所进步，而且，速度都是一样的迅速。它不断地变革着：有野蛮社会，有文明社会，有基督教社会，有富裕社会，有科学社会……然而，我们必须清楚，这种变革并不是改进，因为，有所得，必有所失，社会获得了新技艺，却失去了旧本能。情况就是如此。

衣着考究、能读会写、谈锋甚健的美国人，跟赤身裸体的野人形成了多么尖锐的对比啊：前者口袋里装着怀表、铅笔和汇票，后者的财产却只有一根木棍，一支长矛，一张草席，和一间许多人共寝的棚屋！然而，如果把二者的健康状况加以比较，你一定会看到白人已经丧失了他原有的体力。如果旅行家给我们讲的确有其事，那么，试用一柄巨斧去砍那个野人，一两天之后，肉又愈合得完好如初，仿佛你砍进去的是柔软的树脂似的。然而，同样的砍击，却会把那个白人送进坟墓。

我们这些所谓的文明人。发明了马车，却丧失了对双足的利用，这和他虽然用拐杖支持着身体，然而却失去了肌肉的不少支持是一个道理。他有一块高级的日内瓦表，却丧失了依据太阳定时的本领。他有一份格林尼治天文年鉴，一旦需要，保证可以得到资料，然而，在大街上行走的普通人，却认不得天上的星星。他不会观察二至点，对二分点他也不甚了了。那完整灿烂的年历在他的心灵上没有标度盘。他的笔记本损害了他的记忆力；他的图书馆使他的智力承受不了；保险公司增加了事故的次数；机器是否没有危害；我们是否由于讲究文雅反而丧失了活力，是否由于信奉一种扎根于机构和形式中的基督教而丧失了某种粗犷的气质，这些都是问题。因为每一个斯多噶都是一个斯多噶；然而在基督教世界里，基督徒又在哪儿呢？

在道德标准上出现的偏差，并不比在高度或块头标准上出现的偏差多多少。现在的人并不比过去的人伟大，也不比他们渺小。我们可以清楚地看出，古代的伟人与现在的伟人，几乎难分高下。十九世纪的科学、艺术、宗教和哲学一起发挥作用，教育出的人物并不比普鲁塔克两千三四百年前笔下的英雄们更伟大。人类并不是随着时间的推移而进步。福西翁、苏格拉底、阿那克萨戈拉、第欧根尼都是伟大的人物，然而，他们并没有留下类别。谁如果真够得上他们的类别，谁就不会被人用他们的名字称呼了，而是独树一帜，成了一个派别的创始人。每一个时期的技艺和发明仅仅是那个时期的装束，并没有振奋人心。

经过改良之后的机器，带来的既有益处，也有害处。乘着他们那个时代的渔船，哈德森和白令完成了那么多的伟大业绩啊！在他们伟大的业绩面前，即使已经用科学技术把自己武装到牙齿的巴利和富兰克林也只能望洋兴叹。仅仅用一个观看戏剧的小型望远镜，伽利略就发现了一系列的天文现象，他辉煌的成就永远令后人望尘莫及。乘着一只没有甲板的小船，哥伦布发现了新大陆……

每隔一个时期，人们就要淘汰一批工具和机器，看到这种现象，我真觉得有点不可思议，因为，就是这些东西，几年前或几百年前还被人采用过，而且曾经引起过莫大的轰动。伟大的天才都具有返璞归真的能力。我们把战争艺术的改进看作科学技术改进的成就，然而，拿破仑却依靠露营征服了整个欧洲，其中有依靠赤手空拳的英勇，也有孤立无援的险境。这位皇帝认为，无论是谁，也不可能建立一支完善的部队。拉斯·卡斯说：“并没有消灭我们的武器、弹药、粮秣和车辆。然而到了后来，士兵仿照罗马人的做法，竟然自己解决粮食供应，用手磨磨面，自己烤起面包来。”

社会如同一个巨大的波浪，波浪不停地向前运动着，然而，构成波浪的水却没有向前运动。同一个粒子不会从波谷上升到波峰。所以，波浪的统一仅仅是表面现象。今天一些人创建了一个国家，明年一死，他们的经验也就跟他们一起，付之东流。所以，对财产的依赖，包括对保护财产的政府的依赖，是缺乏自助的表现。在人们的眼中，总是充满了东西，可就是没有人的地

位，长此以往，他们便把宗教的、学术的和政府的机构视为财产的卫士，他们极力反对对这些机构的攻击，因为，他们觉得这就是对财产的攻击。他们估价彼此的标准不是一个人是什么，而是一个人有什么。然而，一个有教养的人出于对自己天性的新的敬重，便为自己的财产感到羞愧。他格外憎恶他所拥有的东西，如果那不是他勤劳所得的话，也就是说，如果它是意外到手的话——通过继承，馈赠，或犯罪所得……于是，他感到那不是所有物，那不属于他，在他身上没有根基，仅仅是放在那里，因为革命，强盗没有把它抢走。然而，一个人是什么，总是要通过需

要来获得的，人所获得的东西，是活生生的财产，它不是听命于统治者、暴民、革命、火灾、风暴或破产的指使，而是人在哪里呼吸，它就永远在哪里自我更新。阿里哈里发说："你的全部或部分生命在追求你；因而你就停止追求它吧。"

我们对外国货物的依赖，导致了我们对数量的盲目崇拜。政治党派召开越来越多的会议；集会规模越来越大，每宣布一件事就喧声震天……从埃塞克斯来的代表团！从新罕布什尔来的民主党人！缅因州的辉格党员！千万双眼睛在注视，千万只臂膀在挥动，面对这种场景，年轻的爱国志士便感到比以往更加坚强。改

革家们也如出一辙，又是召集会议，又是投票选举，还做出大量的决定。别这样，朋友们！只有反其道而行之，上帝才肯垂顾，从而进驻你的心灵，使你的生命之树常青。

一个人，只有摆脱了一切外援，独立于天地之间，我才会看到他的强大和成功。他的旗帜下每增加一名新兵，他就变得虚弱一些。也许有人会问：难道一个人还不如一座城？问得好，不过我还是用我的回答否定你的问题：别有求于人，在千变万化之中，只要你立稳了台柱，不久就一定有人出现并支持你周围的一切。如果谁知道力量是与生俱来的，知道他之所以软弱，就是因为他没有从自身寻求善，有了这种领悟，他就会毫不迟疑地依赖自己的思想，立即纠正自己，挺身而立，驾驭自己的躯体，创造奇迹，就像一个靠双足站立的人，比一个用头倒立的人更加有力一样。

所以，让我们用自己的双脚站立起来，竭尽全力，利用那被人们称为“命运”的一切东西。大多数人在跟她进行一场空前绝后的赌博：是满盘皆赢，还是输个落花流水，那就全看她的轮子怎么转动了！然而，有一点，你却必须注意，那就是：务必把这

些赢得物当作非法的东西搁下，并且跟“因果”——这上帝的司法官——打交道。

有“目的”地工作、获取吧，因为，你已经拴住了“机缘”的轮子了，从此以后，无论她如何旋转，你一定会处之泰然，无所畏惧。一次政治上的胜利，一次纯利润的增加，疾病的痊愈，久别朋友的归来，或者别的什么好事情，都会振奋你的精神，使你相信更加美好的日子就在前头。不过，请不要埋怨我给你泼凉水：什么也别相信，或者说，如果一定要相信点什么的话，那就把自己当作自己的神灵吧！因为，除了你自己，什么也不能给你带来安宁，除了原理的胜利，其他的胜利都是有害的幻象，因而也不能给你带来什么安宁。

我有一个梦想

马丁·路德·金

今天，我高兴地同大家一起，参加这次将成为我国历史上为了争取自由而举行的最伟大的示威集会。

100年前，一位伟大的美国人——今天我们就站在他象征性的身影下——签署了《解放宣言》。这项重要法令的颁布，对于千百万灼烤于非正义残焰中的黑奴，犹如带来希望之光的硕大灯塔，恰似结束漫漫长夜禁锢的欢畅黎明。

然而，100年后，黑人依然没有获得自由。100年后，黑人依然悲惨地蹒跚于种族隔离和种族歧视的枷锁之下。100年后，黑人依然生活在物质繁荣瀚海的贫困孤岛上。100年后，黑人依然在美国社会中间向隅而泣，依然感到自己在国土家园中流离漂泊。

所以，我们今天来到这里，要把这骇人听闻的情况公之于众。

从某种意义上说，我们来到国家的首都是为了兑现一张支票。我们共和国的缔造者在拟写宪法和独立宣言的辉煌篇章时，

不上班的理想生活，
就是开间小店养活自己

就签署了一张每一个美国人都能继承的期票。这张期票向所有人承诺——不论白人还是黑人——都享有不可让渡的生存权、自由权和追求幸福权。

然而，今天美国显然对她的有色公民拖欠着这张期票。美国没有承兑这笔神圣的债务，而是开始给黑人一张空头支票——一张盖着“资金不足”的印戳被退回的支票。但是，我们决不相信正义的银行会破产。我们决不相信这个国家巨大的机会宝库会资金不足。

因此，我们来兑现这张支票。这张支票将给我们以宝贵的自由和正义的保障。

我们来到这块圣地还为了提醒美国：现在正是万分紧急的时刻。现在不是从容不迫悠然行事或服用渐进主义镇静剂的时候。现在是实现民主诺言的时候。现在是走出幽暗荒凉的种族隔离深谷，踏上种族平等的阳关大道的时候。现在是使我们国家走出种族不平等的流沙，踏上充满手足之情的磐石的时候。现在是使上帝所有孩子真正享有公正的时候。

忽视这一时刻的紧迫性，对于国家将会是致命的。自由平等的朗朗秋日不到来，黑人顺情合理哀怨的酷暑就不会过去。1963年不是一个结束，而是一个开端。

如果国家依然我行我素，那些希望黑人只需出出气就会心满

意足的人将大失所望。

在黑人得到公民权之前，美国既不会安宁，也不会平静。反抗的旋风将继续震撼我们国家的基石，直至光辉灿烂的正义之日来临。

但是，对于站在通向正义之宫艰险门槛上的人们，有一些话我必须要说。在我们争取合法地位的过程中，切不要错误行事导致犯罪。我们切不要吞饮仇恨辛酸的苦酒，来解除对于自由的饮渴。

我们应该永远得体地、纪律严明地进行斗争。我们不能容许我们富有创造性的抗议沦为暴力行动。我们应该不断升华到用灵魂力量对付肉体力量的崇高境界。

席卷黑人社会的新的奇迹般的战斗精神，不应导致我们对所有白人的不信任——因为许多白人兄弟已经认识到：他们的命运同我们的命运紧密相连，他们的自由同我们的自由休戚相关。他们今天来到这里参加集会就是明证。

我们不能单独行动。当我们行动时，我们必须保证勇往直前。我们不能后退。有人问热心民权运动的人：“你们什么时候会感到满意？”只要黑人依然是不堪形容的警察暴行恐怖的牺牲品，我们就决不会满意。只要我们在旅途劳顿后，却被公路旁汽车游客旅社和城市旅馆拒之门外，我们就决不会满意。只要黑人的基本活动范围只限于从狭小的黑人居住区到较大的黑人居住区，我们就决不会满意。只要我们的孩子被“仅供白人”的牌子剥夺个性，损毁尊严，我们就决不会满意。只要密西西比州的黑人不能参加选举，纽约州的黑人认为他们与选举毫不相干，我们就决不会满意。不，不，我们不会满意，直至公正似水奔流，正义如泉喷涌。

我并非没有注意到你们有些人历尽艰难困苦来到这里。你们有些人刚刚走出狭小的牢房。有些人来自因追求自由而遭受迫害风暴袭击和警察暴虐狂飙摧残的地区。你们饱经风霜，历尽苦难。继续努力吧，要相信：无辜受苦终得拯救。

回到密西西比去吧；回到亚拉巴马去吧；回到南卡罗来纳去吧；回到佐治亚去吧；回到路易斯安那去吧；回到我们北方城市中的贫民窟和黑人居住区去吧。要知道，这种情况能够而且将会改变。我们切不要在绝望的深渊里沉沦。

朋友们，今天我要对你们说，尽管眼下困难重重，但我依然怀有一个梦。这个梦深深植根于美国梦之中。

我梦想有一天，这个国家将会奋起，实现其立国信条的真谛：“我们认为这些真理不言而喻：人人生而平等。”

我梦想有一天，在佐治亚州的红色山岗上，昔日奴隶的儿子能够同昔日奴隶主的儿子同席而坐，亲如手足。

我梦想有一天，甚至连密西西比州——一个非正义和压迫的热浪逼人的荒漠之州，也会改造成为自由和公正的青青绿洲。

我梦想有一天，我的四个小女儿将生活在一个不是以皮肤的颜色，而是以品格的优劣作为评判标准的国家里。

我今天怀有一个梦。

我梦想有一天，阿拉巴马州会有所改变——尽管该州州长现在仍滔滔不绝地说什么要对联邦法令提出异议和拒绝执行——在那里，黑人儿童能够和白人儿童兄弟姐妹般地携手并行。

我今天怀有一个梦。

我梦想有一天，深谷弥合，高山夷平，歧路化坦途，曲径成通衢，上帝的光华再现，普天下生灵共谒。

这是我们的希望。这是我将带回南方去的信念。有了这个信念，我们就能从绝望之山开采出希望之石。有了这个信念，我们就能把这个国家的嘈杂刺耳的争吵声，变为充满手足之情的悦耳交响曲。有了这个信念，我们就能一同工作，一同祈祷，一同斗争，一同入狱，一同维护自由，因为我们知道，我们终有一天会获得自由。 到了这一天，上帝的所有孩子都能以新的含义高唱这首歌：

> 我的祖国，可爱的自由之邦，我为您歌唱。这是我祖先终老的地方，这是早期移民自豪的地方，让自由之声，响彻每一座山岗。

如果美国要成为伟大的国家，这个梦想必须实现。

因此，让自由之声响彻新罕布什尔州的巍峨高峰！

让自由之声响彻纽约州的崇山峻岭！

让自由之声响彻宾夕法尼亚州的阿勒格尼高峰！

让自由之声响彻科罗拉多州冰雪皑皑的洛基山！

让自由之声响彻加利福尼亚州的婀娜群峰！

不，不仅如此，还要让自由之声响彻佐治亚州的石山！

让自由之声响彻田纳西州的望山！

让自由之声响彻密西西比州的一座座山峰，一个个土丘！

让自由之声响彻每一个山岗！

当我们让自由之声响起，当我们让自由之声响彻每一个大村小庄，每一个州府城镇，我们就能加速这一天的到来。那时，上帝的所有孩子，黑人和白人，犹太教徒和非犹太教徒，耶稣教徒和天主教徒，将能携手同唱那首古老的黑人灵歌："终于自由了！终于自由了！感谢全能的上帝，我们终于自由了！"

树立正确的人生观

胡适

每个人可以说都有一个“人生观”，我是以先几十年的经验，提供几点意见，供大家思索参考。

很多人认为个人主义是洪水猛兽，是可怕的，但我所说的是个平平常常，健全而无害的。干干脆脆的一个个人主义的出发点，不是来自西洋，也不是完全中国的。中国思想上具有健全的个人主义思想，可以与西洋思想互相印证。王安石是个一生自己刻苦，而替国家谋安全之道，为人民谋福利的人，当为非个人主义者。但从他的诗文可以找出他个人主义的人生观，为己的人生观。因为他曾将古代极端为我的杨朱与提倡兼爱的墨子相比。在文章中说“为己是学者之本也，为人是学者之末也。学者之事必先为己为我，其为己有余，则天下事可以为人，不可不为人”。

这就是说，一个人在最初的时候应该为自己，在为自己有余的时候，就该为别人，而且不可不为别人。

十九世纪的易卜生，他晚年曾给一位年轻的朋友写信说：

“最期望于你的只有一句话，希望你能做到真正的、纯粹的为我主义，要你有时觉得天下事只有自己最重要，别人不足想，你要想有益于社会最好的办法，就是把你自己这块材料铸成器。”

另外一部自由主义的名著《自由论》，有一章“个性”，也一再的讲人最可贵的是个人的个性，这些话，便是最健全的个人主义。一个人应该把自己培养成器，使自己有了足够的知识、能力与感情之后，才能再去为别人。

孔子的门人子路，有一天问孔子说：“怎样才能做成一个君子？”孔子回答说：“修己以敬。”这句话的意思，也就是要把自己慎重的培养、训练、教育好的意思。“敬”在古文解释为慎重。子路又说，这样够了吗？孔子回答说：“修己以安人。”这句话的意思，就是先把自己培养、训练、教育好了，再为别人。子路又问，这样够了吗？孔子回答说：“修己以安百姓，修己以安百姓，尧舜其犹病诸。”这句话的意思就是培养、训练、教育好了自己，再去为百姓，培养好了自己再去为百姓，就是圣人如尧舜，也很不易做到。孔子这一席话，也是以个人主义为起点的。自此可见，从十九世纪到现在，从现在回到孔子时代，差不多都是以修身为本。修身就是把自己训练、培养、教育好。因此个人主义并不是可怕的，尤其是年轻人确立一个人生观，更是需要慎重的把自己这块材料培养、训练、教育成器。

我认为最值得与年轻人谈的便是知识的快乐。一个人怎样能使生活快乐。人生是为追求幸福与快乐的，《美国独立宣言》中曾提及三种东西，即就是（1）生命，（2）自由，（3）追求幸福。但是人类追求的快乐范围很广，例如财富、婚姻、事业、工作等等。但是一个人的快乐，是有粗有细的，我在幼年的时候不用说，但自从有知以来，就认为，人生的快乐，就是知识的快乐，做研究的快乐，找真理的快乐，求证据的快乐。从求知识的欲望与方法中深深体会到人生是有限，知识是无穷的，以有限的人生，去深求无穷的知识，实在是非常快乐的。

二千年前有一位政治家问孔子门人子路说，你的老师是怎样的人，子路不答。后来孔子知道了，说："你为什么不告诉他，你的老师'其为人也，发愤忘食，乐以忘忧，不知老之将至。'"从孔子这句话，可以体会到知识的乐趣。希腊科学家阿基米德在澡堂洗澡时，想出了如何分析皇冠的金子成分的方法，高兴得赤身从澡堂里跳了出来，沿街跑去，口中喊着："我找到了，我找到了。"这就是说明知识的快乐，一旦发现证据或真理的快乐。英国两位大诗人勃朗宁和丁尼生有两首诗，都是代表十九世纪冒险的、追求新的知识的精神。

最后谈谈社会的宗教说，一个人总是有一种制裁的力量的，相信上帝的人，上帝是他的制裁力量。我们古代讲孝，于是孝便成了宗教，成了制裁。现在在台湾地区宗教很发达，有人信最高的神，有人信很多的神，许多人为了找安慰都走了宗教的道路。我说的社会宗教，乃是一种说法，中国古代有此种观念，就是三不朽：立德，是讲人格与道德；立功，就是建立功业；立言，就是思想语言。在外国也有三个，就是Worth，Work，Words。这三个不朽，没有上帝，亦没有灵魂，但却不十分民主。究竟一个人要立德，立功，立言到何种程度，我认为范围必须扩大，因为人的行为无论为善为恶都是不朽的。我国的古语："流芳百世，遗臭万年”，便是这个意思……因此，我们的行为，一言一动，均应向社会负责，这便是社会的宗教，社会的不朽……我们千万不能叫我们的行为在社会上发生坏的影响，因为即使我们死了，我们留下的坏的影响仍是永久存在的，“我们要一出言不敢忘社会的影响，一举步不敢忘社会的影响”。即使我们在社会上留一白点，但我们也绝对不能留一点污点，社会即是我们的上帝，我们的制裁者。

伟大的渴望

尼采

哦，我的灵魂哟，我已教你说“今天”“有一次”“先前”，也教你在一切“这”和“那”和“彼”之上舞着你自己的节奏。

哦，我的灵魂哟，我在一切僻静的角落救你出来，我刷去了你身上的尘土，和蜘蛛，和黄昏的暗影。

哦，我的灵魂哟，我洗却了你的琐屑的耻辱和鄙陋的道德，我劝你赤裸昂立于太阳之前。

我以名为“心”的暴风雨猛吹在你的汹涌的海上；我吹散了大海上的一切云雾；我甚至于绞杀了名为罪恶的绞杀者。

哦，我的灵魂哟，我给你这权利如同暴风雨一样地说着“否”，如同澄清的苍天一样的说着“是”：现在你如同光一样的宁静，站立，并迎着否定的暴风雨走去。

哦，我的灵魂哟，你恢复了你在创造与非创造以上之自由；并且谁如同你一样知道了未来的贪欲？

哦，我的灵魂哟，我教你侮蔑，那不是如同蛀一样的侮蔑，乃是伟大的，大爱的侮蔑，那种侮蔑，是他最爱之处它最侮蔑。

哦，我的灵魂哟，我被你如是屈服，所以即使顽石也被你说服；如同太阳一样，太阳说服大海趋向太阳的高迈。

哦，我的灵魂哟，我夺去了你的屈服，和叩头，和投降；我自己给你以这名称“需要之枢纽”和“命运”。

哦，我的灵魂哟，我已给了你以新名称和光辉灿烂的玩具，我叫你为“命运”，为“循环之循环”，为“时间之中心”，为“蔚蓝的钟”！

哦，我的灵魂哟，我给你一切智慧的饮料，一切新酒，一切记不清年代的智慧之烈酒。

哦，我的灵魂哟，我倾泻一切的太阳，一切的夜，一切的沉默和一切的渴望在你身上——于是我见你繁茂如同葡萄藤。

哦，我的灵魂哟，现在你生长起来，丰富而沉重，如同长满了甜熟的葡萄的葡萄藤！——为幸福所充满，你在过盛的丰裕中期待，但仍愧报于你的期待。

哦，我的灵魂哟，再没有比你更仁爱，更丰满，和更博大的灵魂！过去和未来之交汇，还有比你更贴近的地方吗？

哦，我的灵魂哟，我已给你一切，现在我的两手已空无一物！现在你微笑而忧郁地对我说：“我们中谁当受感谢呢？”

给予者不是因为接受者已接受而当感谢的吗？赠贻不就是一种需要吗？接受不就是慈悲吗？

哦，我的灵魂哟，我懂得了你的忧郁之微笑：现在你的过盛的丰裕张开了渴望的两手了！

你眺望着暴怒的大海，寻觅而且期待：过盛的丰裕之渴望从你的眼光之微笑的天空中眺望！

真的，哦，我的灵魂哟，谁能看见你的微笑而不流泪？在你的过盛的慈爱的微笑中，天使们也会流泪。

你的慈爱，你的过盛的慈爱不会悲哀，也不啜泣。哦，我的灵魂哟，但你的微笑，渴望着眼泪，你的微颤的嘴唇渴望着呜咽。

“一切的啜泣不都是怀怨吗？一切的怀怨不都是控诉吗！”你如是对自己说；哦，我的灵魂哟，因此你宁肯微笑而不倾泻了你的悲哀——

不在迸涌的眼泪中倾泻了所有关于你的丰满之悲哀，所有关于葡萄的收获者和收获刀之渴望！

哦，我的灵魂哟，你不啜泣，也不在眼泪之中倾泻了你的紫色的悲哀，甚至于你不能不唱歌！看哪！我自己笑了，我对你说着这预言：

你不能不高声地唱歌，直到一切大海都平静而倾听着你的渴望——

直到，在平静而渴望的海上，小舟飘动了，这金色的奇迹，在金光的周围一切善恶和奇异的东西跳舞着——

一切大动物和小动物和一切有着轻捷的奇异的足可以在蓝绒色海上跳舞的。

直到他们都向着金色的奇迹，这自由意志之小舟及其支配者！但这个支配者就是收获葡萄者，他持着金刚石的收获刀期待着。

哦，我的灵魂哟，这无名者就是你的伟大的救济者，只有未来之歌才能最先发现了他的名字！真的，你的呼唤已经有着未来之歌的芳香了。

你已经在炽热而梦想，你已经焦渴地饮着一切幽深的，回响的，安慰之泉水，你的忧郁已经憩息在未来之歌人祝福里！

哦，我的灵魂哟，现在我给你一切，甚至于我的最后的。我给你，我的两手已空无一物：——看啊，我吩咐你歌唱，那就是我所有的最后的赠礼。

我吩咐你唱歌——，现在说吧，我们两人谁当感谢？但最好还是：为我唱歌，哦，我的灵魂哟，为我唱歌，让我感谢你吧！——

查拉斯图拉如是说。

让自己活得有意思

朱自清

翻开辞典，“自”字下排列着数目可观的成语，这些“自”字多指自己而言。这中间包括着一大堆哲学，一大堆道德，一大堆诗文和废话，一大堆人，一大堆我，一大堆悲喜剧。自己“真乃天下第一英雄好汉”，有这么些可说的，值得说值不得说的！难怪纽约电话公司研究电话里最常用的字，在五百次通话中会发现三千九百九十次的“我”。这“我”字便是自己称自己的声音，自己给自己的名儿。

自爱自怜！真是天下第一英雄好汉也难免的，何况区区寻常人！冷眼看去，也许只觉得那枉自尊大狂妄得可笑；可是这只见了真理的一半儿。掉过脸儿来，自爱自怜确也有不得不自爱自怜的。幼小时候有父母爱怜你，特别是有母亲爱怜你。到了长大成人，“娶了媳妇儿忘了娘”，娘这样看时就不必再爱怜你，至少不必再像当年那样爱怜你。——女的呢，“嫁出门的女儿，泼出门的水”；做母亲的虽然未必这样看，可是形格势禁而且鞭长莫及，就是爱怜得着，也只算找补点罢了。爱人该爱怜你？然而爱人们的嘴一例是甜蜜的，谁能说“你泥中有我，我泥中有你！”真有那么回事儿？赶到爱人变了太太，再生了孩子，你算成了家，太太得管家管孩子，更不能一心儿爱怜你。你有时候会病，“久病床前无孝子”，太太怕也够倦的，够烦的。住医院？好，假如有运气住到像当年北平协和医院样的医院里去，倒是比家里强得多。但是护士们看护你，是服务，是工作；也许夹上点儿爱怜在里头，那是“好生之德”，不是爱怜你，是爱怜“人类”。——你又不能老呆在家里，一离开家，怎么着也算“作客”；那时候更没有爱怜你的。可以有朋友招呼你；但朋友有朋友的事儿，那能教他将心常放在你身上？可以有属员或仆役伺候你，那——说得上是爱怜么？总而言之，天下第一爱怜自己的，只有自己；自爱自怜的道理就在这儿。

再说，“大丈夫不受人怜。”穷有穷干，苦有苦干；世界那么大，凭自己的身手，哪儿就打不开一条路？何必老是向人愁眉苦脸唉声叹气的！愁眉苦脸不顺耳，别人会来爱怜你？自己免不了伤心的事儿，咬紧牙关忍着，等些日子，等些年月，会平静下去的。说说也无妨，只别不拣时候不看地方老是向人叨叨，叨叨得谁也不耐烦的岔开你或者躲开你。也别怨天怨地将一大堆感叹的句子向人身上扔过去。你怨的是天地，倒碍不着别人，只怕别人奇怪你的火气怎么这样大。——自己也免不了吃别人的亏。值不得计较的，不做声吞下肚去。出入大的想法子复仇，力量不够，卧薪尝胆的准备着。可别这儿那儿尽嚷嚷——嚷嚷完了一扔开，倒便宜了那欺负你的人。“好汉胳膊折了往袖子里藏”，为的是不在人面前露怯相，要人爱怜这“苦人儿”似的，这是要强，不是装。说也怪，不受人怜的人倒是能得人怜的人；要强的人总是最能自爱自怜的人。

大丈夫也罢，小丈夫也罢，自己其实是渺乎其小的，整个儿人类只是一个小圆球上一些碳水化合物，像现代一位哲学家说的，别提一个人的自己了。庄子所谓马体一毛，其实还是放大了看的。英国有一家报纸登过一幅漫画，画着一个人，仿佛在一间铺子里，周遭陈列着从他身体里分析出来的各种原素，每种标明分量和价目，总数是五先令——那时合七元钱。现在物价涨了，怕要合国币一千元了罢？然而，个人的自己也就值区区这一千元儿！自己这般渺小，不自爱自怜着点又怎么着！然而，“顶天立地”的是自己，“天地与我并生，万物与我为一”的也是自己；有你说这些大处只是好听的话语，好看的文句？你能愣说这样的自己没有！有这么的自己，岂不更值得自爱自怜的？再说自己的扩大，在一个寻常人的生活里也可见出。且先从小处看。小孩子就爱搜集各国的邮票，正是在扩大自己的世界。从前有人劝学世界语，说是可以和各国人通信。你觉得这话幼稚可笑？可是这未尝不是扩大自己的一个方向。再说这回抗战，许多人都走过了若干地方，增长了若干阅历。特别是青年人身上，你一眼就看出来，他们是和抗战前不同了，他们的自己扩大了。——这样看，自己的小，自己的大，自己的由小而大。在自己都是好的。

自己都觉得自己好，不错；可是自己的确也都爱好。做官的都爱做好官，不过往往只知道爱做自己家里人的好官，自己亲戚朋友的好官；这种好官往往是自己国家的贪官污吏。做盗贼的也都爱做好盗贼——好喽啰，好伙伴，好头儿，可都只在贼窝里。有大好，有小好，有好得这样坏。自己关闭在自己的丁点大的世界里，往往越爱好越坏。所以非扩大自己不可。但是扩大自己得一圈儿一圈儿的，得充实，得踏实。别像肥皂泡儿，一大就裂。“大丈夫能屈能伸”，该屈的得屈点儿，别只顾伸出自己去。也得估计自己的力量。力量不够的话，“人一能之，己百之，人十能之，己千之”；得寸是寸，得尺是尺。

总之路是有的。看得远，想得开，把得稳；自己是世界的时代的一环，别脱了节才真算好。力量怎样微弱，可是是自己的。相信自己，靠自己，随时随地尽自己的一份儿往最好里做去，让自己活得有意思，一时一刻一分一秒都有意思。这么着，自爱自怜才真是有道理的。

工作是把苦闷变成快乐的炼丹仙人

胡适

今年6月2日早晨，一个北京大学一年级学生，在悲观与烦闷之中，写了一封很沉痛的信给我。这封信使我很感动，所以我在那个6月2日的半夜后写了一封一千多字的信回答他。

我觉得这个青年学生诉说他的苦闷不仅是他一个人感受的苦闷，他要解答的问题也不仅是他一个人要问的问题。今日无数青年都感觉大同小异的苦痛与烦闷，我们必须充分了解这件绝不容讳饰的事实，我们必须帮助青年人解答他们渴望解答的问题。

这个北大一年级学生来信里有这一段话：

生自小学毕业到中学，过了八年沦陷生活，苦闷万分，夜中偷听后方消息，日夜企盼祖国胜利，在深夜时暗自流泪，自恨不能为祖国做事。对蒋主席之崇拜，无法形容。但胜利后，我们接收大员及政府所表现的，实在太不像话。……生从沦陷起对政府所怀各种希望完全变成失望，且曾一度悲观到萌自杀的念头。……自四月下旬物价暴涨，同时内战更打的起劲。生亲眼见到同胞受饥饿而自杀，以及内战的惨酷，联想到祖国的今后前途，不禁悲从中来，原因是生受过敌人压迫，实再怕做第二次亡国奴！……我伤心，我悲哀，同时绝望——在绝望的最后几分钟，问您几个问题。

他问了我七个问题，我现在挑出这三个：

一、国家是否有救？救的方法如何？

二、国家前途是否绝望？若有，希望在那里？请具体示知。

三、青年人将苦闷死了，如何发泄？

以上我摘抄这个青年朋友的话，以下是我答复他的话的大致，加上后来我自己修改引伸的话。这都是我心里要对一切苦闷青年说的老实话。我们今日所受的苦痛，都是我们这个民族努力不够的当然结果。我们事事不如人：科学不如人，工业生产不如人，教育不如人，知识水准不如人，社会政治组织不如人；所以我们经过了八年的苦战，大破坏之后，恢复很不容易。人家送兵船给我们，我们没有技术人才去驾驶。人家送工厂给我们，——如胜利之后敌人留下了多少大工厂，——而我们没有技术人才去接收使用，继续生产，所以许多烟囱不冒烟了，机器上了锈，无数老百姓失业了！

青年人的苦闷失望——其实岂但青年人苦闷失望吗？——最大原因都是因为我们前几年太乐观了，大家都梦想“天亮”，都梦想一旦天亮之后就会“天朗气清，惠风和畅”，有好日子过了！

这种过度的乐观是今日一切苦闷悲观的主要心理因素。大家在那“夜中偷听后方消息，日夜企盼祖国胜利”的心境里，当然不会想到战争是比较容易的事，而和平善后

是最困难的事。在胜利的初期，国家的地位忽然抬高了，从一个垂亡的国家一跳就成了世界上第四强国了！大家在那狂喜的心境里，更不肯去想想坐稳那世界第四把交椅是多大困难的事业。天下哪有科学落后，工业生产落后，政治经济社会组织事事落后的国家可以坐享世界第四强国的福分！

试看世界的几个先进国家，战胜之后，至今都还不能享受和平的清福，都还免不了饥饿的恐慌。美国是唯一的例外。前年11月我到英国，住在伦敦第一等旅馆里，整整三个星期，没有看见一个鸡蛋！我到英国公教人员家去，很少人家有一盒火柴，却只

用小木片向炉上点火供客。大多数人的衣服都是旧的补钉的。试想英国在三十年前多么威风！在第二次大战之中，英国人一面咬牙苦战，一面都明白战胜之后英国的殖民地必须丢去一大半，英国必须降为二等大国，英国人民必须吃大苦痛。但英国人的知识水准高，大家绝不悲观，都能明白战后恢复工作的巨大与艰难，必须靠大家束紧裤带，挺起脊梁，埋头苦干。

我们中国今日无数人的苦闷悲观，都由于当年期望太奢而努力不够。我们在今日必须深刻的了解：和平善后要比八年抗战困难的多多。大战时须要吃苦努力，胜利之后更要吃苦努力，才可

以希望在十年二十年之中做到一点复兴的成绩。

国家当然有救，国家的前途当然不绝望。这一次日本的全面侵略，中国确有亡国的危险。我们居然得救了。现存的几个强国，除了一个国家还不能使我们完全放心之外，都绝对没有侵略我们的企图。我们的将来全靠我们自己今后如何努力。

正因为我们今日的种种苦痛都是从前努力不够的结果，所以我们将来的恢复与兴盛决没有捷径，只有努力工作一条窄路，一点一滴的努力，一寸一尺的改善。

悲观是不能救国的，呐喊是不能救国的，口号标语是不能救国的，责人而自己不努力是不能救国的。

我在二十多年前最爱引易卜生对他的青年朋友说的一句话："你要想有益于社会，最好的法子莫如把自己这块材料铸造成器。"我现在还要把这句话赠送给一切悲观苦闷的青年朋友。社会国家需要你们做最大的努力，所以你们必须先把自己这块材料铸造成有用的东西，方才有资格为社会国家努力。今年4月16，

美国南加罗林那州的州议会举行了一个很隆重的典礼，悬挂本州最有名的公民巴鲁克（BernardM. Baruch）的画像在州议会的壁上，请巴鲁克先生自己来演说。巴鲁克先生今年七十七岁了，是个犹太种的美国大名人。当第一次世界大战时，威尔逊总统的国防顾问，是原料委员会的主任，后来专管战时工业原料。巴黎和会时，他是威尔逊的经济顾问。当第二次世界大战时，他是战时动员总署的专家顾问，是罗斯福总统特派的人造橡皮研究委员会的主任。战争结束后，他是总统特任的原子能管理委员会的主席。他是两次世界大战都曾出大力有大功的一个公民。

这一天，这位七十七岁的巴鲁克先生起来答谢他的故乡同胞对他的好意，他的演说辞是广播全国对全国人民说的。他的演说，从头至尾，只有一句话：美国人民必须努力工作，必须为和平努力工作，必须比战时更努力工作。

巴鲁克先生说："现在许多人说借款给人可以拯救世界，这是一个最大的错觉。只有人们大家努力做工可以使世界复兴，如果我们美国愿意担负起保存文化的使命，我们必须做更大的努力，比我们四年苦战还更大的努力。

我们必须准备出大汗，努力撙节，努力制造世界人类需要的东西，使人们有面包吃，有衣服穿，有房子住，有教育，有精神上的享受，有娱乐。"

他说："工作是把苦闷变成快乐的炼丹仙人。"他又说：美国工人现在的工作时间太短了，不够应付世界的需要。他主张：如果不能回到每周六天，每天八小时的工作时间，至少要大家同心做到每周四十四小时的工作；不罢工，不停顿，才可以做出震惊全世界的工作成绩来。

巴鲁克先生最后说："我们必须认清：今天我们正在四面包围拢来的通货膨胀的危崖上，只有一条生路，那就是工作。我们生产越多，生活费用就越减低；我们能购买的货物也就越加多，我们的剩余力量（物质的，经济的，精神的）也就越容易积聚。"

我引巴鲁克先生的演说，要我们知道，美国在这极强盛极光荣的时候，他们远见的领袖还这样力劝全国人民努力工作。"工作是把苦闷变成快乐的炼丹仙人。"我们中国青年不应该想想这句话吗？

三
不管生活有多少磨难，也要勇往直前

如果能追随理想而生活，本着正直自由的精神、勇往直前的毅力、诚实不自欺的思想而行，则定能臻于至美至善的境地。

不畏生活，做一个战士

巴金

一个年轻的朋友写信问我："应该做一个什么样的人？"我回答他："做一个战士。"

另一个朋友问我："怎样对付生活？"我仍旧答道，"做一个战士。"

《战士颂》的作者曾经写过这样的话：

> 我激荡在这绵绵不息、滂沱四方的生命洪流中，我就应该追逐这洪流，而且追过它，自己去造更广、更深的洪流。
>
> 我如果是一盏灯，这灯的用处便是照彻那多量的黑暗。我如果是海潮，便要鼓起波涛去洗涤海边一切陈腐的积物。

这一段话很恰当地写出了战士的心情。

在这个时代，战士是最需要的。但是这样的战士并不一定要持枪上战场。他的武器也不一定是枪弹。他的武器还可以是知识、信仰和坚强的意志。他并不一定要流仇敌的血，却能更有把握地致敌人的死命。

战士是永远追求光明的。他并不躺在晴空下享受阳光，却在暗夜里燃起火炬，给人们照亮道路，使他们走向黎明。驱散黑暗，这是战士的任务。他不躲避黑暗，却要面对黑暗，跟躲藏在阴影里的魑魅、魍魉搏斗。他要消灭它们而取得光明。战士是不知道妥协的。他得不到光明便不会停止战斗。

战士是永远年轻的。他不犹豫，不休息。他深入人丛中，找寻苍蝇、毒蚊等等危害人类的东西。他不断地攻击它们，不肯与它们共同生存在一个天空下面。对于战士，生活就是不停的战斗。他不是取得光明而生存，便是带着满身伤疤而死去。在战斗中力量只有增长，信仰只有加强。在战斗中给战士指路的是“未来”，“未来”给人以希望和鼓舞。战士永远不会失去青春的活力。

战士是不知道灰心与绝望的。他甚至在失败的废墟上，还要堆起破碎的砖石重建九级宝塔。任何打击都不能击破战士的意志。只有在死的时候他才闭上眼睛。

战士是不知道畏缩的。他的脚步很坚定。他看定目标，便一直向前走去。他不怕被绊脚石摔倒，没有一种障碍能使他改变心思。假象绝不能迷住战士的眼睛，支配战士的行动的是信仰。他能够忍受一切艰难、痛苦，而达到他所选定的目标。除非他死，人不能使他放弃工作。

这便是我们现在需要的战士。这样的战士并不一定具有超人的能力。他是一个平凡的人。每个人都可以做战士，只要他有决心。所以我用“做一个战士”的话来激励那些在彷徨、苦闷中的年轻朋友。

中国人失掉自信力了吗

鲁迅

从公开的文字上看起来：两年以前，我们总自夸着“地大物博”，是事实；不久就不再自夸了，只希望着国联，也是事实；现在是既不夸自己，也不信国联，改为一味求神拜佛，怀古伤今了——却也是事实。

于是有人慨叹曰：中国人失掉自信力了。

如果单据这一点现象而论，自信其实是早就失掉了的。先前信“地”，信“物”，后来信“国联”，都没有相信过“自己”。假使这也算一种“信”，那也只能说中国人曾经有过“他信力”，自从对国联失望之后，便把这他信力都失掉了。

失掉了他信力，就会疑，一个转身，也许能够只相信了自己，倒是一条新生路，但不幸的是逐渐玄虚起来了。信“地”和“物”，还是切实的东西，国联就渺茫，不过这还可以令人不久就省悟到依赖它的不可靠。一到求神拜佛，可就玄虚之至了，有益或是有害，一时就找不出分明的结果来，它可以令人更长久的麻醉着自己。

中国人现在是在发展着“自欺力”。

“自欺”也并非现在的新东西，现在只不过日见其明显，笼罩了一切罢了。然而，在这笼罩之下，我们有并不失掉自信力的中国人在。

我们从古以来，就有埋头苦干的人，有拼命硬干的人，有为民请命的人，有舍身求法的人，……虽是等于为帝王将相作家谱的所谓“正史”，也往往掩不住他们的光耀，这就是中国的脊梁。

这一类的人们，就是现在也何尝少呢？他们有确信，不自欺；他们在前仆后继的战斗，不过一面总在被摧残，被抹杀，消灭于黑暗中，不能为大家所知道罢了。说中国人失掉了自信力，用以指一部分人则可，倘若加于全体，那简直是诬蔑。

要论中国人，必须不被搽在表面的自欺欺人的脂粉所诓骗，却看看他的筋骨和脊梁。自信力的有无，状元宰相的文章是不足为据的，要自己去看地底下。

“就使打破了头，也还要保持我灵魂的自由”

徐志摩

照群众行为看起来，中国人是最残忍的民族。

照个人行为看起来，中国人大多数是最无耻的个人。慈悲的真义是感觉人类应感觉的感觉，和有胆量来表现内动的同情。

中国人只会在杀人场上听小热昏，决不会在法庭上贺喜判决无罪的刑犯；只想把洁白的人齐拉入混浊的水里，不会原谅拿人格的头颅去撞开地狱门的牺牲精神。只是“幸灾乐祸”、“投井下石”，不会冒一点子险去分肩他人为正义而奋斗的负担。

从前在历史上，我们似乎听见过有什么义呀侠呀，什么当仁不让，见义勇为的榜样呀，气节呀，廉洁呀，等等。如今呢，只听见神圣的职业者接受蜜甜的“冰炭敬”，磕拜寿祝福的响头，到处只见拍卖人格“贱卖灵魂”的招贴。这是革命最彰明的成绩，这是华族民国最动人的广告！“无理想的民族必亡”，是一句不刊的真言。我们目前的社会政治走的只是卑污苟且的路，最不能容许的是理想，因为理想好比一面大镜子，若然摆在面前，一定照出魑魅魍魉的丑迹。

莎士比亚的丑鬼卡立朋（Caliban）有时在海水里照出自己的尊容，总是老羞成怒的。

所以每次有理想主义的行为或人格出现，这卑污苟且的社会一定不能容忍；不是拳打脚踢，也总是冷嘲热讽，总要把那三闾大夫硬推入汨罗江底，他们方才放心。

我们从前是儒教国，所以从前理想人格的标准是智仁勇。

现在不知道变成了什么国了，但目前最普通人格的通性，明明是愚暗残忍懦怯，正得一个反面。但是真理正义是永生不灭的圣火；也许有时遭被蒙盖掩翳罢了。大多数的人一天二十四点钟的时间内，何尝没有一刹那清明之气的回复？但是谁有胆量来想他自己的想，感觉他内动的感觉，表现他正义的冲动呢？

蔡元培所以是个南边人说的“戆大”，愚不可及的一个书呆子，卑污苟且社会里的一个最不合时宜的理想者。所以他的话是没有人能懂的；他的行为是极少数人——如真有——敢表同情的；他的主张，他的理想，尤其是一盆飞旺的炭火，大家怕炙手，如何敢去抓呢？

“小人知进而不知退，”

“不忍为同流合污之苟安，”

“不合作主义，”

“为保持人格起见……”

“生平仅知是非公道，从不以人为单位。”

这些话有多少人能懂，有多少人敢懂？

这样的一个理想者，非失败不可；因为理想者总是失败的。

若然理想胜利，那就是卑污苟且的社会政治失败——那是一个过于奢侈的希望了。有知识有胆量能感觉的男女同志，应该认明此番风潮是个道德问题；随便彭允彝京津各报如何淆感，如何谣传，如何去牵涉政党，总不能掩没这风潮里面一点子理想的火星。要保全这点子小小的火星不灭，是我们的责任，是我们良心上的负担；我们应该积极同情这番拿人格头颅去撞开地狱门的精神。

相信自己的思想

爱默生

不久之前的某一天，我有幸阅读了一位杰出的画家所写的几首诗歌。它们新颖极了，不像那些庸俗陈旧的诗歌，说来说去，总是那些陈芝麻烂谷子的事情。我们先不要对作品的题材说三道四，因为，敏感的灵魂总能够从字里行间聆听到一种真实的告诫。与这首诗歌所包含的任何思想相比，它所洋溢出来的感情更加弥足珍贵。

相信你自己的思想，相信你内心深处认为对你有益的东西，一定对一切人都适用——这就是天才。如果你把埋藏在心底的信念说出来，那么，很快，它一定会成为人世间最普遍的感受，因为，最内在的在合适的时候也会摇身一变而成为最外在的——我们呱呱坠地时的思想，一定会在“最后的审判”的号角声的吹拂下回到我们的耳朵边。

尽管每个人对心灵的声音都非常熟悉，但是，我仍然认为，摩西、柏拉图和弥尔顿的最大贡献就在于他们蔑视书本和传统，不是自己想到的东西不说。一个人应当学会感受和观察从自己内心闪过的灵魂的微光，而不是盲目地去追逐诗人和圣贤在天空中游荡的光影。可是，现实却令人失望，因为最通常的情况常常是：人们擅自摒弃了自己的思想，就像丢弃肮脏的垃圾一样，就因为这是他自己的东西。而在那些天才的每一部作品中，我们都会发现我们如弃敝屣般抛弃的思想：它们带着某种久违了的威严，又回到了我们身边。

伟大的艺术作品对我们的教益不过如此而已。它们告诫我们：当对方气焰嚣张、众生喧哗的时候，我们一定要平心静气、坚定不移地坚持我们自己的印象。否则，到了明天，一位陌生人将会说出我们一直感觉和思想着的东西，而他也必将因此而一举成名，而我们，却不得不从别人那里“进口”我们自己的见解，而且感到羞愧难当。

我们每个人在求知期间，总有一天会得出这样一个结论：嫉妒等于无知；模仿无异于自杀；一个人不管好坏，必须把自己看作自己的命运；虽然广阔的宇宙不乏善举，可是若不在自己得到的那块土地上辛勤耕耘，一粒富有营养的粮食也不会自行送上门来。实际上，蕴藏在他身上的力量非常神奇，因为除了他本人，谁也不知道他有什么神通，而且，如果不经过亲身实验，就是他自己也不知道自己到底有什么样的本领。一张面孔、一个人物、一件事实，给他留下了难以磨灭的印象，可是，在另一个人眼中，却什么印象也没有，这不是无缘无故的。我们无法否认，在这种记忆的雕刻中隐含着一种命中注定的和谐。

眼睛必须被安置在光线应当照到的地方，只有这样，它才能够看到那道光线。毋庸讳言，我们还要善于充分地表达自我，而且，往往对自己所代表的那种神圣的观念感到羞愧。我们应当勇敢地认为，这种源于我们自身的观念是非常适当的，而且一定会产生良好的效果，因此，我们应该忠实地传达它们。不过，我们应该记住：上帝是不愿意让懦夫来阐明他的功绩的。

一个人只有全心全意地工作，才能体味到灵魂的宽慰和快乐；如果他说的或做的并非如此，那么，他将得不到任何的安宁。他所得到的，不过是一种没有解脱的解脱。还在萌芽之中，他的天才就抛弃了他；没有灵感的眷顾，就没有发明、没有希望，就像没有阳光就没有光明一样。

缺少判断力和思想的是庸人

叔本华

对知识的渴求，倘若目标瞄准的是事物普遍的原理，就可以称之为求知欲；倘若渴求知道的东西是单个的、零星之物，那就应该被称为“好奇”。小男孩多数会表现出求知欲，而小女孩则只表现出对个别事情的好奇；小女孩在这方面的好奇心能达到惊人的程度，而与此相伴的天真、无邪却总是让人感到厌烦。女性的这种不去感知普遍原理、只关注个别事物的特性在这一例子中已经显现出来。

一副结构良好并因此具有细腻判断力的头脑具有两大长处。其一就是在其看到过的、阅读过和经历过的所有事物当中，只有最重要的、最有意味的东西才能吸引这种头脑，并自然而然地留在记忆之中。将来若有需要的话，这些东西就会招之即来，而其他一些无足轻重的则不要留下。这种人的记忆就像细密的筛子：剩下来的都是大块的东西；而另外一些人的记忆就像是粗眼的筛子：除了那些偶然的零星之物以外，其他一切都被漏掉了。有这种头脑的人的另一个长处与上述长处有着一定的关系，也就是：凡是与某一事物或问题性质相同、相类似的，或有着某种相关联的东西——无论这些东西相距多么遥远——都会在这脑海中适时地出现。这是因为这种人抓住了事物的本质。

这样，即使各种事物彼此之间的差别很大，甚至会截然不同，他们依然一眼就能认出这些事物的同一原理和事物间的关联。

智力是以其强度（或深度）著称的，而并非以其广度。正因为这样，在这方面，一个人可以大胆地和一万个人去较量一番；即便是一千个傻瓜凑在一起也变不成一个聪明、理智的人。

充斥这个世界的那些平庸、可怜的人真正缺乏的就是两种彼此关系紧密的能力，即判断力与拥有自己的思想。庸人在这两方面的缺乏程度对于那些不属于此类的人来说难以想象，也正因为如此，后一种人很难明确意识到前一种人的生存是如何贫乏和可怜，以及“愚蠢的人所饱尝的苦闷和厌倦”。而这两种思想能力的缺乏正是对那些在各国泛滥、被同一时代人称作“文学”的作品，它们的质量却十分的低劣，而真正的作品在面世时却常常遭受到厄运的十分合理的解释。所有真正的文学和思想作品都想在某种程度上让渺小的头脑与伟大的思想间形成共鸣，这就难怪这种努力不会马上获得成功了。作者是否能给予读者满足，关键就在于作者和读者间在思维方式上能不能形成共鸣。这种共鸣越完美，读者感受到的满足就会越大。因此，具有伟大思想的作者也只能被拥有非一般思想的读者所完全欣赏。这正是平庸、拙劣的作者让有思想的人感到反感、厌恶的原因。甚至和大部分人的交

Guillaumin

谈也会出现这样的情况。真的就是无处不在的能力不足和不相协调。

既然讲到了这个话题，在此一并提醒大家：我们不应该只因为某一新奇与或许是真实的话或思想出于某本劣书或是某一个傻瓜的嘴巴就贬低它的价值。这只是因为那本劣书窃取了这一思想，而傻瓜只会随声附和——当然，这个事实会被隐藏起来。此外，有句西班牙谚语也这样说："傻瓜了解自己的家甚于聪明人了解别人的屋子。"同理，对自己熟悉的领域每个人都比别人更加了解。最后，就像大家知道的，即便一只瞎眼的母鸡也会找到一小粒玉米。甚至连 "没有思想精神之人其内在是一个谜" 这句话也是对的。因此，"就是园丁也常作出惊人之语"。

这样的事情也是有的：在很久以前我们曾听到过一个非常普通、没有受过教育的人说的一句话，或是讲述的某一经历，对此我们很长时间都无法忘记。不过，我们会因为这些东西出自于没有受过教育者之口就低估它们的价值，或将它们视为早已为人知晓的。那样，我们现在就应该问问自己：在相隔这么长的时间里我们是不是再一次听过或是读过这些东西？如果答案是否定的，那我们就应该敬重它们。我们总不会因为钻石也许是在粪堆里找到的就不珍视它吧。

“专注”是成功的秘诀

茨威格

25岁的时候，我在巴黎一面研究，一面写作。那时发表的文学作品，已有不少人赞美，其中有些连我自己也很喜欢。但在我的内心深处，总觉得还可以更加完美一些，虽然自己不知道短处究竟在什么地方。

在这个时期，一位艺术大师给了我一个极大的教训。这教训初看似乎是无足轻重的小小际遇而已，事实上却是我一生写作生活的转捩点。

有一晚我在维尔哈伦先生家里，他是比利时的名作家。同座有一位年长的画家，慨叹雕塑艺术的退步。我那时年少气盛，竭力反对他的意见。我说："以巴黎而论，难道我们就没有一位雕刻家足以与米凯朗基罗媲美吗？难道罗丹先生雕刻的《沉思者》《巴尔扎克》，不是跟用以雕塑他们的大理石一样同传不朽吗？"

我的驳辩说完之后，维尔哈伦欣然地拍拍我的肩头。“我明天就要去拜访罗丹先生，”他说，“跟我同去。凡像你这样的钦佩他的人，就有权利跟他会会面。”

我满心高兴。但第二天维尔哈伦把我介绍给那位雕刻大师之后，我一个字也说不出来。他们两位老朋友谈天说地，我觉得自己好像是一个不必要的旁听者。

然而那位大艺术家是十分和善的。我们告别的时候，他转过脸来对我说：“我想你或许要看看我的雕刻作品。可惜都不在这里。但请你星期日到我梅登的乡下住宅来，并且我们可以一同用便饭。”

在罗丹朴素的乡下住宅里，我们坐在一只小桌子周围吃了一餐家常便饭。他慈祥而柔和的顾盼，坦率的神情，立刻使我忘记了局促。

他的雕刻室也很简单，装着高大的窗子。里面有已经完成的雕像，更有许多石膏塑的作为试验的模型——一只膀子，一只手，有的甚至只是一个指头或一个小小关节；桌子堆满种种素描的图形。这地方显示出它的主人一生在不断研究，不断工作。

罗丹套上一件白布外衣，立刻变成一个工人的样子。他在一个雕刻架前立定了。

“这是我最近的作品，”说着他揭去盖在上面的湿布，就露出一个女性的半身像来，神采焕然，那是用泥土塑的。“我觉得这已是完工的了。”

这身体魁梧、肩膀宽阔、一脸灰白胡子的老人后退了一步，侧着头细加端详。“是的，我想没有什么毛病了。”

但审视了一回之后，忽又喃喃自语道：“只有那肩膀上面，线条仍嫌太硬。对不起……”

他就捡起一柄塑像用的木质小刀来。小刀在柔软的泥土上轻轻拂过，使像身的肌肉产生一种更细腻的光泽。老人的手指活泼起来，眼睛里放着光芒。

“还有这里……这里……”他又修改了几处地方，再退一步，细细观察。又把架子转过来，喉咙里喃喃地发出奇怪的声音。有时他欣然微笑，有时他眉头紧皱，有时捏了一点泥，加到像身上去，又轻轻抓掉一些。

如此继续了半小时，一小时……他从没有对我说一句话。除了创造他理想中的具象之外，什么都忘记了。似乎天地间只有这工作的存在，好像上帝着手创造世界的第一天那样。

后来，他大功告成似的松了一口气，丢下小刀，把刚才的那块湿布给塑像盖上，那种小心翼翼的神情，宛如一个男人给他情侣披上披肩。然后转身向外，那魁梧的老人恢复了初见时的样子。

他还没走到门口，忽然发现了我，他一惊。直到这时候他才想起了我，刚才的失礼显然使他非常过意不去。“对不起，先生。我简

直把你忘记了。但是……”我十分感激地紧紧抉握住他的手。或许他也感觉到我的情绪，所以微微笑着，举起膀子围住了我的肩头，两人一同走出那房间。

这一天所得的教训，比我在学校里多年的用功还有益处。从此以后，知道一切人类的工作如要完善而有价值，应当是怎样做法的。

一个人可以这样完全忘记时间空间与整个世界，这个认识，使我受到空前绝后的感动。这一小时，使我把握住了一切艺术、一切事业成功的奥秘——聚精会神；集中所有的力量以完成不论

大小的一件工作；把我们容易分散、容易旁骛的意志贯注在小小的一点上。

我悟到遗忘一切其他事物，集中意志以求工作完美的这种热忱，就是我过去所缺乏的。除了工作，好像自己都不存在，这是成功的秘诀。我现在知道，舍此以外便无神妙的方法了。

角，三面是大西洋。）勖丽丽的叫响从我们的脚底下匀匀的往上颤，齐着腰，到了肩高，过了头顶，高入了云，高出了云。啊，你能不能把一种急震的乐音想象成一阵光明的细雨，从蓝天里冲着这平铺着青绿的地面不住的下？不，那雨点都是跳舞的小脚，安琪儿的。云雀们也吃过了饭，离开了它们卑微的地巢飞往高处做工去。上帝给它们的工作，替上帝做的工作。瞧着，这儿一只，那边又起了两！一起就冲着天顶飞，小翅膀动活的多快活，圆圆的，不踌躇的飞，——它们就认识青天。一起就开口唱，小嗓子动活的多快活，一颗颗小精圆珠子直往外唾，亮亮的唾，脆脆的唾，——它们赞美的是青天。瞧着，这飞得多高，有豆子大，有芝麻大，黑刺刺的一屑，直顶着无底的天顶细细的摇，——这全看不见了，影子都没了！但这光明的细雨还是不住的下着……

飞。“其翼若垂天之云……背负苍天，而莫之夭阏者”；那不容易见着。我们镇上东关厢外有一座黄泥山，山顶上有一座七层的塔，塔尖顶着天。塔院里常常打钟，钟声响动时，那在太阳西晒的时候多，一枝艳艳的大红花贴在西山的鬓边回照着塔山上的云彩——钟声响动时，绕着塔顶尖，摩着塔顶天，穿着塔顶云，有一只两只，有时三只四只有时五只六只蜷着爪往地面瞧的“饿老鹰”，撑开了它们灰苍苍的大翅膀没挂恋似的在盘旋，在半空中浮着，在晚风中泅着，仿佛是按着塔院钟的波荡来练习圆舞似的。那是我做孩子时的“大鹏”。有时好天抬头不见一瓣云的时候听着貔忧忧的叫响，我们就知道那是宝塔上的饿老鹰寻食吃来了，这一想象半天里秃顶圆睛的英雄，我们背上的小翅膀骨上就仿佛豁出了一锉锉铁刷似的羽毛，摇起来呼呼响的，只一摆就冲出了书房门，钻入了玳瑁镶边的白云里玩儿去，谁耐烦站在先生书桌前晃着身子背早上上的多难背的书！啊，飞！不是那在树枝上矮矮的跳着的麻雀儿的飞；不是那凑天黑从堂匾后背冲出来赶蚊子吃的蝙蝠的飞；也不是那软尾巴软嗓子做窠在堂檐上的燕子的飞。要飞就得满天飞，风拦不住云挡不住的飞，一翅膀就跳过一座山头，影子下来遮得阴二十亩稻田的飞，到天晚飞倦了就来绕着那塔顶尖顺着风向打圆圈做梦……听说饿老鹰会抓小鸡！

飞。人们原来都是会飞的。天使们有翅膀，会飞，我们初来时也有翅膀，会飞。我们最初来就是飞了来的，有的做完了事还是飞了去，他们是可羡慕的。但大多数人是忘了飞的，有的翅膀上掉了毛不长再也飞不起来，有的翅膀叫胶水给胶住了再也拉不开，有的羽毛叫人给修短了像鸽子似的只会在地上跳，有的拿背上一对翅膀上当铺去典钱使过了期再也赎不回……真的，我们一过了做孩子的日子就掉了飞的本领。但没了翅膀或是翅膀坏了不能用是一件可怕的事。因为你再也飞不回去，你蹲在地上呆望着飞不上去的天，看旁人有福气的一程一程的在青云里逍遥，那多可怜。而且翅膀又不比是你脚上的鞋，穿烂了可以再问妈要一双去，翅膀可不成，折了一根毛就是一根，没法给补的。还有，单顾着你翅膀也还不定规到时候能飞，你这身子要是不谨慎养太肥了，翅膀力量小再也拖不起，也是一样难不是？一对小翅膀驮不起一个胖肚子，那情形多可笑！到时候你听人家高声的招呼说，朋友，回去吧，趁这天还有紫色的光，你听他们的翅膀在半空中沙沙的摇响，朵朵的春云跳过来拥着他们的肩背，望着最光明的来处翩翩的，冉冉的，轻烟似的化出了你的视域，像云雀似的只留下一泻光明的骤雨——“Thou art unseen but yet I hear thy shrill delight”——那你，独自在泥涂里淹着，够多难受，够多懊恼，够多寒伧！趁早留神你的翅膀，朋友？

是人没有不想飞的。老是在这地面上爬着够多厌烦，不说别的。飞出这圈子，飞出这圈子！到云端里去，到云端里去！哪个心里不成天千百遍的这么想？飞上天空去浮着，看地球这弹丸在太空里滚着，从陆地看到海，从海再看回陆地。凌空去看一个明白——这才是做人的趣味，做人的权威，做人的交代。这皮囊要是太重挪不动，就掷了它，可能的话，飞出这圈子，飞出这圈子！

人类初发明用石器的时候，已经想长翅膀。想飞。原人洞壁上画的四不像，它的背上掮着翅膀；拿着弓箭赶野兽的，他那肩背上也给安了翅膀。小爱神是有一对粉嫩的肉翅的。挨开拉斯（Icarus）是人类飞行史里第一个英雄，第一次牺牲。安琪儿（那是理想化的人）第一个标记是帮助他们飞行的翅膀。那也有沿革——你看西洋画上的表现。最初像是一对小精致的令旗，蝴蝶似的粘在安琪儿们的背上，像真的，不灵动的。渐渐的翅膀长大了，地位安准了，毛羽丰满了。画图上的天使们长上了真的可能的翅膀。人类初次实现了翅膀的观念，彻悟了飞行的意义。挨开拉斯闪不死的灵魂，回来投生又投生。人类最大的使命，是制造翅膀；最大的成功是飞！理想的极度，想象的止境，从人到神！诗是翅膀上出世的；哲理是在空中盘旋的。飞：超脱一切，笼盖一切，扫荡一切，吞吐一切。

你上那边山峰顶上试去，要是度不到这边山峰上，你就得到这万丈的深渊里去找你的葬身地！“这人形的鸟会有一天试他第一次的飞行，给这世界惊骇，使所有的著作赞美，给他所从来的栖息处永久的光荣。”啊达文謇！

但是飞？自从挨开拉斯以来，人类的工作是制造翅膀，还是束缚翅膀？这翅膀，承上了文明的重量，还能飞吗？都是飞了来的，还都能飞了回去吗？钳住了，烙住了，压住了——这人形的鸟会有试他第一次飞行的一天吗？

同时天上那一点子黑的已经迫近在我的头顶，形成了一架鸟形的机器，忽的机沿一侧，一球光直往下注，硼的一声炸响——炸碎了我在飞行中的幻想，青天里平添了几堆破碎的浮云。

四
生活不只是眼前的苟且，还有诗和远方

人类最高理想应该是人人能有闲暇，于必须的工作之余还能有闲暇去做人，有闲暇去做人的工作，去享受人的生活。

打破不满人意的现状

朱自清

那一个时代事实上总有许许多多不满现状的人。现代以前，这些人怎样对付他们的“不满”呢？在老百姓是怨命，怨世道，怨年头。年头就是时代，世道由于气数，都是机械的必然；主要的还是命，自己的命不好，才生在这个世道里，这个年头上，怪谁呢！命也是机械的必然。这可以说是“怨天”，是一种定命论。命定了吃苦头，只好吃苦头，不吃也得吃。读书人固然也怨命，可是强调那“时世日非”“人心不古”的慨叹，好像“人心不古”才“时世日非”的。这可以说是“怨天”而兼“尤人”，主要的是“尤人”。人心为什么会不古呢？原故是不行仁政，不施德教，也就是贤者不在位，统治者不好。这是一种唯心的人治论。可是贤者为什么不在位呢？人们也只会说“天实为之”！这就又归到定命论了。可是读书人比老百姓强，他们可以做隐士，啸傲山林，让老百姓养着；固然没有富贵荣华，却不至于吃着老百姓吃的那些苦头。做隐士可以说是不和统治者合作，也可以说是扔下不管。所谓“穷则独善其身”，一般就是这个意思。既然“独善其身”，自然就管不着别人死活和天下兴亡了。于是老百姓不满现状而忍下去，读书人不满现状而避开去，结局是维持现状，让统治者稳坐江山。

但是读书人也要“达则兼善天下”。从前时代这种“达”就是“得君行道”；真能得君行道，当然要多多少少改变那自己不满别人也不满的现状。可是所谓别人，还是些读书人；改变现状要以增加他们的利益为主，老百姓只能沾些光，甚至于只担个名儿。若是太多照顾到老百姓，分了读书人的利益，读书人会得更加不满，起来阻挠改变现状；他们这时候是宁可维持现状的。宋朝王安石变法，引起了大反动，就是个显明的例子。有些读书人虽然不能得君行道，可是一辈子憧憬着有这么一天。到了既穷且老，眼看着不会有这么一天了，他们也要著书立说，希望后世还可以有那么一天，行他们的道，改变改变那不满人意的现状。但是后世太渺茫了，自然还是自己来办的好，哪怕只改变一点儿，甚至于只改变自己的地位，也是好的。况且能够著书立说的究竟不太多；著书立说诚然渺茫，还是一条出路，连这个也不能，那一腔子不满向哪儿发泄呢！于是乎有了失志之士或失意之士。这种读书人往往不择手段，只求达到目的。政府不用他们，他们就去依附权门，依附地方政权，依附割据政权，甚至于和反叛政府的人合作；极端的甚至于甘心去做汉奸，像刘豫、张邦昌那些人。这种失意的人往往只看到自己或自己的一群的富贵荣华，没有原则，只求改变，甚至于只求破坏他们好在混水里捞鱼。这种人往往少有才，挑拨离间，诡计多端，可是得依附某种权力，才能发生作用；他们只能做俗话说的“军师”。统治者却又讨厌又怕这种人，他们是捣乱鬼！但是可能成为这种人的似乎越来越多，又杀不尽，于是只好给些闲差，给些干薪，来绥靖他们，吊着他们的口味。这叫做“养士”，为的正是维持现状，稳坐江山。

然而老百姓的忍耐性，这里面包括韧性和惰性，虽然很大，却也有个限度。“狗急跳墙”，何况是人！到了现状坏到怎么吃苦还是活不下去的时候，人心浮动，也就是情绪高涨，老百姓本能的不顾一切的起来了，他们要打破现状。他们不知道怎样改变现状，可是一股子劲先打破了它再说，想着打破了总有希望些。这种局势，规模小的叫“民变”，大的就是“造反”。农民是主力，他们有他们自己的领导人。在历史上这种“民变”或“造反”并不少，但是大部分都给暂时的压下去了，统治阶级的史官往往只轻描淡写的带几句，甚至于削去不书，所以看来好像天下常常太平似的。然而汉明两代都是农民打出来的天下，老百姓的力量其实是不可轻视的。不过汉明两代虽然是老百姓自己打出来的，结局却依然是一家一姓稳坐江山；而这家人坐了江山，早就失掉了农民的面目，倒去跟读书人一鼻孔出气。老百姓出了一番力，所得的似乎不多。是打破了现状，可又复原了现状，改变是很少的。至于权臣用篡弑，军阀靠武力，夺了政权，换了朝代，那改变大概是更少了罢。

过去的时代以私人为中心，自己为中心，读书人如此，老百姓也如此。所以老百姓打出来的天下还是归于一家一姓，落到读书人的老套里。从前虽然也常说“众擎易举”，“众怒难犯”，也常说“爱众”，“得众”，然而主要的是“一人有庆，万众赖之”的，“天与人归”的政治局势，那“众”其实是“一盘散沙”而已。现在这时代可改变了。不论叫“群众”，“公众”，“民众”，“大众”，这个“众”的确已经表现一种力量；这种力量从前固然也潜在着，但是非常微弱，现在却强大起来，渐渐足以和统治阶级对抗了，而且还要一天比一天强大。大家在内忧外患里增加了知识和经验，知道了“团结就是力量”，他们渐渐在扬弃那机械的定命论，也渐渐在扬弃那唯心的人治论。一方面读书人也渐渐和统治阶级拆伙，变质为知识阶级。他们已经不能够找到一个角落去不闻理乱的隐居避世，又不屑做也幸而已经没有地方去做“军师”。他们又不甘心做那被人“养着”的“士”，而知识分子又已经太多，事实上也无法“养”着这么大量的“士”。他们只有凭自己的技能和工作来“养”着自己。早些年他们还可以暂时躲在所谓象牙塔里。到了现在这年头，象牙塔下已经变成了十字街，而且这塔已经开始在拆卸了。于是乎他们恐怕只有走出来，走到人群里。大家一同苦闷在这活不下去的现状之中。如果这不满人意的现状老不改变，大家恐怕忍不住要联合起来动手打破它的。重要的是打破之后改变成什么样子？这真是个空前的危疑震撼的局势，我们得提高警觉来应付的。

我的信仰——自然主义的人生观

胡适

一

我父胡珊，是一位学者，也是一个有坚强意志，有治理才干的人。经过一个时期的文史经籍训练后，他对于地理研究，特别是边省的地理，大起兴趣。他前往京师，怀了一封介绍书，又走了四十二日而达北满吉林，进见钦差大臣吴大澂。吴氏是现在见知于欧洲研究中国学问者之中国的一个大考古学家。

吴氏延见他，问有什么可以替他为力的。我父说道："没有什么，只求准我随节去解决中俄界务的纠纷，件我得以研究东北各省的地理。"吴氏对于这个只有秀才底子，在关外长途跋涉之后，差不多已是身无分文的学者，觉得有味。他带了这个少年去干他那历史上有名的差使，得他做了一个最有价值、最肯做事的帮手。

有一次与我父亲同走的一队人，迷陷在一个广阔的大森林之内，三天找不着出路。到粮食告尽，一切侦察均归失败时，我父亲就提议寻觅溪流。溪流是多半流向森林外面去的，一条溪流找到了手，他们一班人就顺流而行，得达安全的地方。我父亲作了一首长诗纪念这次的事迹，乃四十年后，我在《论杜威教授系统思想说》的一篇论文里，用这件事实以为例证，虽则我未尝提到他的名字，有好些与我父亲相熟而犹生存着的人，都还认得出这件故事，并写信问我是不是他们故世已久的朋友的一个小儿子。

吴大澂对我父亲虽曾一度向政府荐举他为“有治省才能的人”，政治上却并未得臻通显，历官江苏、台湾后，遂于台湾因中日战争的结果而割让与日本时，以五十五岁的寿辰逝世。

二

我是我父亲的幼儿，也是我母亲的独子。我父亲娶妻凡三次；前妻死于太平天国之乱，乱军掠遍安徽南部各县，将其化为灰烬。次娶生了三个儿子、四个女儿。

长子从小便证明是个难望洗心革面的败子。我父亲丧了次妻后，写信回家，说他一定要讨一个纯良强健的、做庄家人家的女儿。

我外祖父务农，于年终几个月内兼业裁缝。他是出身于一个循善的农家，在太平天国之乱中，全家被杀。因他还只是一个小孩子，故被太平军掠做俘虏，带往军中当差。为要防他逃走，他的脸上就刺了“太平天国”四字，终其身都还留着，但是他吃了种种困苦，居然逃了出来，回到家乡，只寻得一片焦土，无一个家人还得活着。他勤苦工作。耕种田地，兼做裁缝，裁缝的手艺，是他在贼营里学来的。他渐渐长成，娶了一房妻子，生下四个儿女，我母亲就是最长的。

我外祖父一生的心愿就是想重建被太平军毁了的家传老屋。他每天早上，太阳未出，便到溪头去拣选三大担石子，分三次挑回废屋的地基。挑完之后，他才去种田或去做裁缝。到了晚上回家时，又去三次，挑了三担石子，才吃晚饭。凡此辛苦恒毅的工作，都给我母亲默默看在眼里，他暗恨身为女儿，毫无一点法子能减轻他父亲的辛苦，促他的梦想实现。

随后来了个媒人，在田里与我外祖父会见，雄辩滔滔的向他替我父亲要他大女儿的庚帖。（按胡先生《我的母亲订婚》一章里面，用的是“八字”二字，英文系Birth date paper，故译庚帖似较贴切。）我外祖父答应回去和家里商量。但到他在晚上把所提的话对他的妻子说了，她就大生气。她说：“不行！把我女儿嫁给一个大她三十岁的人，你真想得起？况且他的儿女也有年纪比我们女儿还大的！还有一层，人家自然要说我们嫁女儿给一个老官，是为了钱财体面而把她牺牲的。”于是这一对老夫妻吵了一场。后来做父亲的说：“我们问问女儿自己。说来说去，这到底是她自己的事。”

到这个问题对我母亲提了出来，她不肯开口。中国女子遇到同类的情形常是这样的。但她心里却在深思沉想。嫁与中年丧偶、兼有成年儿女的人做填房，送给女家的聘金财礼比一般婚姻却要重得多，这点于她父亲盖房子的计划将大有帮助。况她以前又是见过我父亲的，知道他为全县人所敬重。她爱慕他，愿意嫁他，为的半是英雄崇拜的意识，但大半却是想望帮助劳苦的父亲的孝恩。所以到她给父亲逼着答话，她就坚决的说：“只要你们俩都说他是好人，请你们俩做主。男人家四十七岁也不能算是老。”我外祖父听了，叹了一口气，我外祖母可气的跳起来，忿忿的说：“好呵！你想做官太太了！好罢，听你情愿罢！”

三

我母亲于一八八九年结婚，时年十七，我则生在一八九一年十二月。我父殁于一八九五年，留下我母亲二十三岁做了寡妇。我父弃世，我母便做了一个有许多成年儿女的大家庭的家长。中国做后母的地位是十分困难的。她的生活自此时起，自是一个长时间的含辛茹苦。

我母亲最大的禀赋就是容忍。中国史书记载唐朝有个皇帝垂询张公仪那位家长，问他家以什么道理能九世同居而不分离拆散。那位老人家因过于衰迈，难以口述，请准用笔写出回答。他就写了一百个“忍”字。中国道德家时常举出“百忍”的故事为家庭生活最好的例子，但他们似乎没有一个曾觉察到许多苦恼、倾轧、压迫和不平，使容忍成了一种必不可少的事情。

那班接脚媳妇凶恶不善的感情，利如锋刃的话语，含有敌意的嘴脸，我母亲事事都耐心容忍。她有时忍到不可再忍，这才早上不起床，柔声大哭，哭她早丧丈夫，她从不开罪她的媳妇，也不提开罪的那件事，但是这些眼泪，每次都有神秘莫测的效果。我总听得有一位嫂嫂的房门开了，和一个妇人的脚步声向厨房走去。不多一会儿，她转来敲我们房门了。她走进来捧着一碗热茶，送给我的母亲，劝她止哭，母亲接了茶碗，受了她不出声的认错，然后家里又太平清静得个把月。

我母亲虽则并不知书识字，却把她的全副希望放在我的教育上。我是一个早慧的小孩，不满三岁时，就已认了八百多字，都是我父亲每天用红笺方块教我的。我才满三岁零点，便在学堂里念书。我当时是个多病的小孩，没有搀扶，不能跨一个六英寸高的门槛。但我比学堂里所有别的学生都能读能记些。我从不跟着村中的孩子们一块儿玩。更因我缺少游戏，我五岁时就得了“先生”的绰号。十五年后，我在康奈耳大学做二年级时，也同是为了这个弱点，而被Doc（Doctor缩读，音与dog同，故用作谐称。译者）的诨名。

每天天还未亮时，我母亲便把我喊醒，叫我在床上坐起。她然后把对我父亲所知的一切告诉我。她说她望我踏上他的脚步，她一生只晓得他是最善良最伟大的人。

据她说，他是一个多么受人敬重的人，以致在他间或休假回家的时期中，附近烟窟赌馆都改行停业。她对我说我惟有行为好，学业科考成功，才能使他们两老增光；又说她所受的种种苦楚，得以由我勤敏读书来酬偿。我往往眼睛半睁半闭的听。但她除遇有女客与我们同住在一个房间的时候外，罕有不施这番晨训的。

到天大明时，她才把我的衣服穿好，催我去上学。我年稍长，我总是第一个先到学堂，并且差不多每天早晨都是去敲先生的门要钥匙去开学堂的门。钥匙从门缝里递了出来。我隔一会儿就坐在我的座位上朗朗念书了。学堂里到薄暮才放学，届时每个学生都向朱印石刻的孔夫子大像和先生鞠躬回家。日中上课的时间平均是十二小时。

我母亲一面不许我有任何种类的儿童游戏，一面对于我建一座孔圣庙的孩子气的企图，却给我种种鼓励。我是从我同父异母的姊姊的长子，大我五岁的一个小孩那里学来的。他拿各种华丽的色纸扎了一座孔庙，使我心里羡慕。我用一个大纸匣子作为正殿，背后开了一个方洞，用一只小匣子糊上去，做了摆孔子牌位的内堂。外殿我供了孔子的各大贤徒，并贴了些小小的匾对，书着颂扬这位大圣人的字句，其中半系录自我外甥的庙里，半系自书中抄来。在这座玩具的庙前，频频有香炷燃着。我母亲对于我这番有孩子气的虔敬也觉得欢喜，暗信孔子的神灵一定有报应，使我成为一个有名的学者，并在科考中成为一个及第的士子。

我父亲是一个经学家，也是一个严守朱熹（一一三零——一二零零）的新儒教理学的人。他对于释道两教强烈反对。我还记得见我叔父家（那是我的开蒙学堂）的门上有一张日光晒淡了的字条，写着“僧道无缘”几个字。我后来才得知道这是我父亲所遗理学家规例的一部。但是我父亲业已去世，我那彬彬儒雅的叔父，又到皖北去做了一员小吏，而我的几位哥子则都在上海。剩在家里的妇女们，对于我父亲的理学遗规，没有什么拘束了。他们尊守敬奉祖宗的常礼，并随风俗时会所趋，而自由礼神拜佛。观音菩萨是他们所最爱的神，我母亲是为了出于焦虑我的健康福祉的念头，也做了观音的虔诚信士。我记得有一次她到山上观音阁里去进香，她虽缠足，缠足是苦了一生的，在整段的山路上，还是步行来回。

我在村塾（村中共有七所）里读书。读了九年（一八九五——一九零四）。在这个期间，我读习并记诵了下列几部书：

1.《孝经》：孔子后的一部经籍，作者不明。

2.《小学》：一部论新儒教道德学说的书，普通谓系宋哲朱熹所作。

3.《四书）：《论语》、《孟子》、《大学》、《中庸》。

4.《五经》中的四经：《诗经》、《尚书》、《易经》、《礼记》。

我母亲对于家用向来是节省的，而付我先生的学金，却坚要比平常要多三倍。

平常学金两块银元一年，她首先便送六块钱，后又逐渐增加到十二元。由增加学金这一点小事情，我得到千百倍于上述数目比率所未能给的利益。因为那两元的学生，单单是高声朗读，用心记诵，先生从不劳神去对他讲解所记的字。独我为了有额外学金的缘故，得享受把功课中每字每句解给我听，就是将死板文字译作白话这项难得的权利。

我年还不满八岁，就能自己念书，由我二哥的提议，先生使我读《资治通鉴》。这部书，实在是大历史家司马光于一零八四年所辑编年式的中国通史。这番读史，使我发生很大的兴趣，我不久就从事把各朝代各帝王各年号编成有韵的歌诀，以资记忆。

随后有一天，我在叔父家里的废纸箱中，偶然看见一本《水浒传》的残本，便站在箱边把它看完了。我跑遍全村，不久居然得着全部。从此以后，我读尽了本村邻村所知的小说。这些小说都是用白话或口语写的，既易了解、又有引人入胜的趣味。它们教我人生，好的也教，坏的也教，又给了我一件文艺的工具，若千年后，使我能在中国开始民众所称为“文学革命”（Literary Renaissance，直译当为文艺复兴。译者）的运动。

其时，我的宗教生活经过一个特异的激变。我系生长在拜偶像的环境，习于诸神凶恶丑怪的面孔，和天堂地狱的民间传说。我十一岁时，一日，温习朱子的《小学》，这部书是我能背诵而不甚了解的。我念到这位理学家引司马光那位史家攻击天堂地狱的通俗信仰的话。这段话说：“形既朽灭，神亦飘散，虽有判烧舂磨，亦无所施。”这话好像说得很有道理，我对于死后审判的观念，就开始怀疑起来。

往后不久，我读司马光的《资治通鉴》，读到第一百三十六卷中有一段，使我成了一个无神论者。所说起的这一段，述纪元五世纪名范缜的一位哲学家，与朝众竞辩“神灭论”。朝廷当时是提倡大乘佛法的。范缜的见解，由司马光摄述为这几句话：“形者神之质地，神者形之用也。神之于形，犹利之于刃。未闻刃没而利存，岂容形灭而神在哉。”

这比司马光的形灭神散的见解——一种仍认有精神的理论——还更透彻有理。范缜根本否认精神为一种实体，谓其仅系神之用。这一番化繁为简合着我儿童的心胸。读到“朝野喧哗，难之，终不能屈”，更使我心悦。

同在那一段内，又引据范缜反对因果轮回说的事。他与竞陵王谈论，王对他说：“君不信因果，何得有富贵贫贱？”范缜答道：“人生如树花同发，随风而散；或拂帘幌，坠茵席之上；或关篱墙，落粪溷之中。堕茵席者，殿下是也；落粪溷者，下官是也。贵贱虽复殊途，因果竟在何处？”

因果之说，由印度传来，在中国人思想生活上已成了主要部分的少数最有力的观念之一。中国古代道德家，常以善有善报，恶有恶报为训。但在现实生活上并不真确。佛教的因果优于中国果报观念的地方，就是可以躲过这个问题，将其归之于前世来世不断的轮回。

四

但是范缜的比喻，引起了我幼稚的幻想，使我摆脱了恶梦似的因果绝对论，这是以偶然论来对定命论。而我以十一岁的儿童就取了偶然论而叛离了运命，我在那个儿童时代是没有牵强附会的推理的，仅仅是脾性的迎拒罢了。我是我父亲的儿子，司马光和范缜又得了我的心。仅此而已。

但是这一种心境的激变，在我早年不无可笑的结果，一九零三年的新年里，我到我住在二十四里外的大姊家去拜年。在她家住了几天，我和她的儿子回家，他是来拜我母亲的年的。他家的一个长工替他挑着新年礼物。我们回到路上，经过一个亭子，供着几个奇形怪状的神像。我停下来对我外甥说："这里没有人看见，我们来把这几个菩萨抛到污泥坑里去罢。"我这带孩子气的毁坏神像主张，把我的同伴大大地吓住了。他们劝我走路，莫去惹那些本来已经濒于危境的神道。

这一天正是元宵灯节，我们到了家中，家里有许多客人，我的肚子已经饿了，开饭的时候，我外甥又劝我喝了上杯烧酒。酒在我的肚子里，便作怪起来。我不久便在院子里跑，喊月亮下来看灯。我母亲不悦，叫人来捉我。我在他们前头跑，酒力因我跑路，作用更起得快。我终被捉住，但还努力想挣脱。我母亲抱住我，不久便有许多人朝我们围拢来。

我心里害怕，便胡言乱道起来。于是我外甥家的长工走到我母亲身边，低低的说："外婆，我想他定是精神错乱了。恐怕是神道怪了他。今天下午我们路过三门亭，他提议要把几尊菩萨抛到污泥坑里去。一定是这番话弄出来的事。"我窃听了长工的话，忽然想出一条妙计。我喊叫得更凶，好像我就真是三门亭的一个神一样。我母亲于是便当空焚香祷告，说我年幼无知无咎，许下如果蒙神恕我小孩子的罪过，定到亭上去烧香还愿。

这时候，得报说龙灯来了，在我们屋里的人，都急忙跑去看，只剩下我和母亲两个人。一会儿我就睡着了。母亲许的愿，显然是灵应了。一个月后，我母亲和我上外婆家去，她叫我恭恭敬敬地在三门亭还我们许下的愿。

五

我年甫十三，即离家上路七日，以求"新教育"于上海。自这次别离后，我于十四年之中，只省候过我母亲三次，一总同她住了大约七个月。出自她对我伟大的爱忱，她送我出门，分明没有洒过一滴眼泪就让我在这广大的世界中，独自求我自己的教育和发展，所带着的，只是一个母亲的爱，一个读书的习惯，和一点点怀疑的倾向。

我在上海过了六年（一九零四——一九一零），在美国过了七年（一九一零——一九一七）。在我停留在上海的时期内，我经历过三个学校（无一个是教会学校），一个都没有毕业，我读了当时所谓的“新教育”的基本东西，以历史、地理、英文、数学，和一点零碎的自然科学为主。从已故林纾氏及其他请人的意译文字中，我初次认识一大批英国和欧洲的小说家，司各提（Scott），狄更司（Dickens），大小仲马（Dumas pereet fils）、雨果（Hugo），以及托尔斯泰等氏的都在内。我读了中国上古、中古几位非儒教和新儒教哲学家的著作，并喜欢墨翟的兼爱说与老子、庄子有自然色彩的哲学。

从当代力量最大的学者梁启超氏的通俗文字中，我渐得略知霍布士（hobbes）、笛卡儿（Descartes）、卢骚（Rousseau）、宾坦（Bentham）、康德（Kant）、达尔文（Darwin）等诸泰西思想家。梁氏是一个崇拜近代西方文明的人，连续发表了些文字，坦然承认中国人以一个民族而言，对于欧洲人所具有许多良好特性，感受缺乏；显著的是注重公共道德，国家思想，爱冒险，私人权利观念与热心防其被侵，爱自由，自治能力，结合的本事与组织的努力，注意身体的培养与健康等。就是这几篇文字猛力把我以我们古旧文明为自足，除战争的武器，商业转运的工具外，没有什么要向西方求学的这种安乐梦中，震醒出来。它们开了给我，也就好像开了给几千几百别的人一样，对于世界整个的新眼界。

我又读过严复所译穆勒（John Stuart Mill）的《自由论》（On Liberty）和赫胥黎（Huxley）的《天演论》（Evolution and Ethic）。严氏所译赫胥黎的论著，于一八九八年就出版，并立即得到知识阶级的接受。有钱的人拿钱出来翻印新版以广流传（当时并没有版权），因为有人以达尔文的言论，尤其是它在社会上与政治上的运用，对于一个感受惰性与儒滞日久的民族，乃是一个合宜的刺激。

数年之间，许多的进化名词在当时报章杂志的文字上，就成了口头禅。无数的人，都采来做自己的和儿辈的名号，由是提醒他们国家与个人在生存竞争中消灭的祸害。向尝一度闻名的陈炯明以“竞存”为号。我有两个同学名杨天择和孙竞存。

就是我自己的名字，对于中国以进化论为时尚，也是一个证据。我请我二哥替我起个学名的那天早晨，我还记得清楚。他只想了一刻，他就说，“‘适者生存’中的‘适’字怎么样？”我表同意；先用来做笔名，最后于一九一零年就用作我的名字。

六

我对于达尔文与斯宾塞两氏进化假说的一些知识，很容易的与几个中国古代思想家的自然学说连了起来。例如在道家伪书《列子》所述的下面这个故事中，发现二千年前有一个一样年轻，同抱一样信仰的人，使我的童心欢悦：

> 齐田氏祖于庭，食客千人。中坐有献鱼雁者，田氏视之，乃叹曰：“天之于民厚矣！殖五谷，生鱼鸟以为之用。”众客和之如响。鲍氏之子，年十二，预于次，进曰：“不如君言。天地万物，与我并生，类也。类无贵贱，徒以大小智力而相制，迭相食，非相为而生之。人取食者而食之，岂天本为人而生之，且蚊蚋嗜肤，虎狼食肉，岂天本为蚊蚋生人，虎狼生肉者哉？”

一九零六年，我在中国公学同学中，有几位办了一个定期刊物，名《竞业旬报》，——达尔文学说通行的又一例子——其主旨在以新思想灌输于未受教育的民众，系以白话刊行。我被邀在创刊号撰稿。一年之后，我独自做编辑。我编辑这个杂志的工作不但帮助我启发运用现行口语为一种文艺工具的才能，且以明白的话语及合理的次序，想出自我幼年就已具了形式的观念和思想。在我为这个杂志所著的许多论文内，我猛力攻击人民的迷信，且坦然主张毁弃神道，兼持无神论。

一九零八年，我家因营业失败，经济大感困难。我于十七岁上，就必需供给我自己读书，兼供养家中的母亲。我有一年多停学，教授初等英文，每日授课五小时，月得修金八十元。一九一零年，我教了几个月的国文。

那几年（一九零九——一九一零）是中国历史上的黑暗时代，也是我个人历史上的黑暗时代。革命在好几省内爆发，每次都归失败。中国公学原是革命活动的中心，我在那里的旧同学参加此等密谋的实繁有徒，丧失生命的为数也不少。这班政治犯有好些来到上海与我住在一起，我们都是意气消沉，厌世悲观的。我们喝酒，作悲观的诗词，日夜谈论，且往往作没有输赢的赌博。我们甚至还请了一个老伶工来教我们唱戏。有一天早上，我作了一首诗，中有这一句：“霜浓欺日淡”！

意气消沉与执劳任役驱使我们走人了种种的流浪放荡。有一个雨夜，我喝酒喝得大醉，在镇上与巡捕角斗，把我自己弄进监里去关了一夜。到我次晨回寓，在镜中看出我脸上的血痕，就记起李白饮酒歌中的这一句："天生我材必有用。"（Some use might yet be made of this material born in me）

我决心脱离教书和我的这班朋友。下了一个月的苦工夫，我就前往北京投考用美国退还庚子赔款所设的学额。我考试及格，即于七月间放洋赴美。

七

我到美国，满怀悲观。但不久便交结了些朋友，对于那个国家和人民都很喜爱。美国人出自天真的乐观与朝气给了我很好的印象。在这个地方，似乎无一事一物不能由人类智力做得成的。我不能避免这种对于人生持有喜气的眼光的传染，数年之间，就渐渐治疗了我少年老成的态度。

我第一次去看足球比赛时，我坐在那里以哲学的态度看球赛时的粗暴及狂叫欢呼为乐。而这种狂叫欢呼在我看来，似乎是很不够大学生的尊严的。但是到竞争愈渐激烈，我也就开邮悟这种热心。随后我偶然回头望见白了头发的植物学教授劳理先生（Mr. W.W.Rowlee）诚心诚意的在欢呼狂叫，我觉得如是的自惭，以致我不久也就热心的陪着众人欢呼了。

就是在民国初年最黑暗的时期内，我还是想法子打起我的精神。在致一个华友的信里面，我说道："除了你我自己灰心失意，以为无希望外，没有事情是无希望的。"（译意——译者。）在我的日记上，我记下些引录的句子，如引克洛浦（Clough）的这一句："如果希望是麻醉物，恐惧就是作伪者。"又如我自己译自勃朗宁的这一节诗：

从不转背而挺身向前，
从不怀疑云要破裂，
虽合理的弄糟，违理的占胜，
而从不作迷梦的，
相信我们沉而再升，败而再战，
睡而再醒。

一九一四年一月，我写这一句在我的日记上："我相信我自离开中国后，所学得的最大的事情，就是这种乐观的人生哲学了。"一九一五年，我以关于勃朗宁最优的论文得受柯生奖金。我论文的题目是《勃朗宁乐观主义辩》。我想来大半是我渐次改变了的人生观使我于替他辩护时，以一种诚信的意识来发言。

我系以在康奈耳大学做纽约农科学院的学生开始我的大学生涯。我的选择是根据了当时中国盛行的，谓中国学生须学点有用的技艺，文学、哲学是没有什么实用的这个信念。但是也有一个经济的动机。农科学院当时不收学费，我心想或许还能够把每月的月费省下一部来汇给我的母亲。

农场上的经验我一点都不曾有过，并且我的心也不在农业上。一年级的英国文学及德文课程，较之农场实习和养果学，反使我感觉兴趣。踌躇观望了一年又半，我最后转人文理学院，一次缴纳四个学期的学费，就是使我受八个月困境的处分。但是我对于我的新学科觉得更为自然，从不懊悔这番改变。

有一科《欧洲哲学史》——归故克莱顿教授那位恩师主

持，——领导我以哲学做了主科。我对于英国文学与政治学也深有兴趣。康奈耳的哲学院是唯心论的重镇。在其领导之下，我读了古代近代古典派哲学家比较重要的著作，我也读过晚近唯心论者如布拉特莱，鲍森模等的作品，但是他们提出的问题从未引起我的兴趣。

一九一五年，我往哥林比亚大学，就学于杜威教授，直至一九一七年我回国之时为止。得着杜威的鼓励，我著成我的论文《先秦名学史》这篇论文，使我把中国古代哲学著作重读一遍，并立下我对于中国思想史的一切研究的基础。

八

我留美的七年间，我有许多课外的活动，影响我的生命和思想，说不定也与我的大学课业一样。当意气颓唐的时候，我对于基督教大感兴趣，且差不多把《圣经》读完。一九一一年夏，我出席于在宾雪凡尼亚普柯诺派思司举行的中国基督教学生会的大会做来宾时，我几乎打定主意做了基督徒。

但是我渐渐的与基督教脱离，虽则我对于其发达的历史曾多有习读，因为有好久时光我是一个信仰无抵抗主义的信徒。耶稣降生前五百年，中国哲学家老子曾传授过上善若水，水善应万物而不争。我早年接收老子的这个教训，使我大大的爱着《登山宝训》。

一九一四年，世界大战爆发，我深为比利时的命运所动，而成了一个确定的无抵抗者。我在康奈耳大同俱乐部住了三年，结交了许多各种国籍的热心朋友。受着像那士密氏和麦慈那样唯心的平和论者的影响，我自己也成了一个热心的平和论者。大学废军联盟因维腊特的提议而成立于一九一五年，我是其创办人之一。

到后来，各国际政体俱乐部成立，我在那士密氏和安格尔的领导之下，做了一个最活动的会员，且曾参加过其起首两届的年会。一九一六年，我以我的论文《国际关系中有代替武力的吗？》得受国际政体俱乐部的奖金。在这篇论文里，我阐明依据以法律为有组织的武力建立一个国际联盟的哲理。

我的平和主义与国际大同主义往往使我陷入十分麻烦的地位。日本由攻击德国在山东的领土以加入世界大战时，向世界宣布说，这些领土“终将归还中国”。我是留美华人中唯一相信这个宣言的人，并以文字辩驳说，日本于其所言，说不定是意在必行的。关于这一层，我为许多同辈的学生所嘲笑。及一九一五年日本提出有名的对华二十一条件，留美学生，人人都赞成立即与日本开战。我写了一封公开的信给《中国留美学生月报》，劝告处之以温和，持之以冷静。我为这封信受了各方面的严厉攻击，屡被斥为卖国贼。战争是因中国接受一部要求而得避免了，但德国在华领土则直至七年之后才交还中国。

我读易卜生、莫黎和赫胥黎诸氏的著作，教我思考诚实与发言诚实的重要。我读过易卜生所有的戏剧，特别爱看《人民之敌》、莫黎的《论妥协》，先由我的好友威廉思女士介绍给我，她是一直做了左右我生命最重要的精神力量。莫黎曾教我：“一种主义，如果健全的话，是代表一种较大的便宜的。为了一时似是而非的便宜而将其放弃，乃是为小善而牺牲大善。疲弊时代，剥夺高贵的行为和向上的品格，再没有什么有这样拿得定的了。”

赫胥黎还更进一步教授一种理知诚实的方法。他单单是说：“拿也如同可以证明我相信别的东西为合理的那种种证据来，那么我就相信人的不朽了。向我说类比和或能是说无用的。我说我相信倒转平方律时，我是知道我意何所指的，我必不把我的生命和希望放在较弱的信证上。”赫胥黎也曾说过：“一个人生命中最神圣的举动，就是说出并感觉得我相信某项某项是真的。生在世上一切最大的赏，一切最重要的罚，都是系在这个举动上。”

人生最神圣的责任是努力思想得好，我就是从杜威教授学来的。或思想得不精，或思想而不严格的到它的前因后果，接受现成的整块的概念以为思想的前提，而于不知不觉间受其个人的影响，或多把个人的观念由造成结果而加以测验，在理知上都是没有责任心的。真理的一切最大的发现，历史上一切最大的灾祸，都有赖于此。

杜威给了我们一种思想的哲学，以思想为一种艺术，为一种技术。在《思维术》和《实验逻辑论文集》里面，他制出这项技术。我察出不但于实验科学上的发明为然，即于历史科学上最佳的探讨，内容的详定，文字的改造，及高等的批评等也是如此。在这种种境域内，曾由同是这个技术而得到最佳的结果。这个技术主体上是具有大胆提出假设，和（加）上诚恳留意于制裁与证实。这个实验的思想技术，堪当创造的智力这个名称，因其在运用想象机智以寻求证据，做成实验上，和在自思想有成就的结实所发出满意的结果上，实实在在是有创造性的。

奇怪之极，这种功利主义的逻辑竟使我变成了一个做历史探讨工作的人。我曾用进化的方法去思想，而这种有进化性思想习惯，就做I我此后在思想史及文学工作上的成功之钥。尤更奇怪的，这个历史的思想方法并没有使我成为一个守旧的人，而时常是进步的人。例如，我在中国对于文学革命的辩论，全是根据无可否认的历史进化的事实，且一向都非我的对方所能答复得来的。

九

我母亲于一九一八年逝世。她的逝世，就是引导我把我在这广大世界中摸索了十四年多些的信条第一次列成条文的时机。这个信条系于一九一九年发表在以《不朽》为题的一篇文章里面。

因有找在幼童时期读书得来的学识，我早久就已摒弃了个人死后生存的观念了。好多年来，我都是以一种“三不朽”的古说为满意，这种古说我是在《春秋左氏传》里面找出来的。传记里载贤臣叔孙豹于纪元前五四八年（时孔子还只有三岁。译者按，即鲁襄公二十四年）谓有立德、立功、立言三不朽。此三者“虽久不忘，此之谓不朽”。这种学说引动我心有如是之甚，以致我每每向我的外国朋友谈起，并给了它一个名字，叫做“三W的不朽主义”（三W即Worth，Work，Words三字的头一个字母）。

我母亲的逝世使我从新想到这个问题，我就开始觉得三不朽的学说有修正的必要。第一层，其弱点在太过概括一切。在这个世界上，有多少人其在德行功绩言语上的成就，其哲理上的智慧能久久不忘的呢？例如哥伦布是可以不朽了，但是他那些别的水手怎样呢？那些替他造船或供给他用具的人，那许多或由作有勇敢的思考，或由在海洋中作有成无成的探险，替他铺下道路的前导又怎样呢？简括的说，一个人应有多大的成就，才可以得不朽呢？

次一层，这个学说对于人类的行为没有消极的裁制。美德固是不朽的了，但是恶德又怎样呢？我们还要再去借重审判日或地狱之火吗？

我母亲的活动从未超出家庭间琐屑细事之外，但是她的左右力，能清清楚楚的从来吊祭她的男男女女的脸上看得出来。我检阅我已死的母亲的生平，我追忆我父亲个人对她毕生左右的力量，及其对我本身垂久的影响，我遂诚信一切事物都是不朽的。我们所做的一切什么人，我们所干的一切什么事，我们所讲的一切什么话，从在世界上某个地方自有其影响这个意义看来，都是不朽的。这个影响又将依次在别个地方有其效果，而此事又将继续人于无限的空间与时间。

正如列勃涅慈有一次所说：“人人都感觉到在宇宙中所经历的一切，以及那目睹一切的人，可以从经历其他各处的事物，甚至曾经并将识别现在的事物中，解识出在时间与空间上已被移动的事物。我们是看不见一切的，但一切事物都在那里，达到无穷境无穷期”。一个人就是他所吃的东西，所以达柯塔的务农者，加利芳尼亚的种果者，以及千百万别的粮食供给者的工作，都是生活在他的身上。一个人就是他所想的东西，所以凡曾于他有所左右的人——自苏格拉底、柏拉图、孔子以至于他本区教会的牧师和抚育保姆——都是生活在他的身上。一个人也就是他所享乐的东西，所以无数美术家和以技取悦的人，无论现尚生存或久已物故，有名无名，崇高粗俗，都是生活在他的身上。诸如此类，以至于无穷。

一千四百年前，有一个人写了一篇论“神灭”的文章，被认为亵渎神圣，有如是之甚，以致其君皇敕七十个大儒来相驳难，竟给其驳倒。但是五百年后，有一位史家把这篇文章在他的伟大的史籍中纪了一个撮要。又过了九百年，然后有一个十一岁的小孩偶然碰到这个三十五个字的简单撮要，而这三十五个字，于埋没了一千四百年之后，突然活了起来而生活于他的身上，更由他而生活于几千几百个男男女女的身上。

一九一二年，我的母校来了一位英国讲师，发表一篇演说，“论中国建立共和的不可能”。他的演讲当时我觉得很为不通，但是我以他对于母音O的特异的发音方法为有趣，我就坐在那里摹拟以自娱。他的演说久已忘记了，但是他对于母音O的发音方法，这些年来却总与我不离，说不定现在还在我的几千百个学生的口上，而从没有觉察到是由于我对于布兰特先生的恶作剧的摹仿，而布兰特先生也是从不知道的。

两千五百年前，希马拉雅山的一个山峡里死了一个乞丐。他的尸体在路旁已在腐溃了，来了一个少年王子，看见这个怕人的景象，就从事思考起来。他想到人生及其他一切事物的无常，遂决心脱离家庭，前往旷野中去想出一个自救以救人类的方法。多年后，他从旷野里出来，做了释迦佛，而向世界宣布他所找出的拯救的方法。这样，甚至一个死丐尸体的腐溃，对于创立世界上一个最大的宗教，也曾不知不觉的贡献了其一部分。

这一个推想的线索引导我信了可以称为社会不朽的宗教，因为这个推想在大体上全系根据于社会对我的影响，日积月累而成小我，小我对于其本身是些什么，对于可以称社会、人类或大自然的那个大我有些什么施为，都留有一个抹不去的痕记这番意思。小我是会要死的，但是他还是继续存活在这个大我身上。这个大我乃是不朽的，他的一切善恶功罪，他的一切言行思想，无论是显著的或细微的，对的或不对的，有好处或有坏处——样样都是生存在其对于大我所产生的影响上。这个大我永远生存，做了无数小我胜利或失败的垂久宏大的佐证。

这个社会不朽的概念之所以比中国古代三不朽学说更为满意，就在于包括英雄圣贤，也包括贱者微者，包括美德，也包括恶德，包括功德，也包括罪孽。就是这项承认善的不朽，也承认恶的不朽，才构成这种学说道德上的许可。一个死尸的腐烂可以创立一个宗教，但也可以为患全个大陆。一个酒店侍女偶发一个议论，可以使一个波斯僧侣豁然大悟，但是一个错误的政治或社会改造议论，却可以引起几百年的杀人流血。发现一个极微的杆菌，可以福利几千百万人，但是一个害痨的人吐出的一小点痰涎，也可以害死大批的人，害死几世几代。

人所做的恶事，的确是在他们身后还存在的！就是明白承认行为的结果才构成我们道德责任的意识。小我对于较大的社会的我负有巨大的债项，把他干的什么事情，作的什么思想，做的什么人物，概行对之负起责任，乃是他的职分。人类之为现在的人类，固是由我们祖先的智行愚行所造而成，但是到我们做完了我们分内时，我们又将由人类将成为怎么样而受裁判了。我们要说，“我们之后是大灾大厄”吗？抑或要说，“我们之后是幸福无疆”吗？

十

一九二三年，我又得了一个时机把我的信条列成更普通的条文。地质学家丁文江氏所著，在我所主编的一个周报上发表，论《科学与人生观》的一篇文章，开始了一场用差不多延持了一个足年的长期论战。在中国凡有点地位的思想家，全都曾参与其事。到一九二三年终，由某个善经营的出版家把这论战的文章收集起来，字数竟达二十五万。我被请为这个集子作序。我的序言给这本已繁重的文集又加了一万字，而以我所拟议的“新宇宙观和新人生观的轮廓”为结论，不过有些含有敌意的基督教会，却以恶作剧的口吻，称其为“胡适的新十诫”，我现在为其自有其价值而选择出来：（译者按：以下原系由中文译成英文，故不再译，即径录胡先生中文原文。）

（1）根据于天文学和物理学的知识，叫人知道空间的无限之大。

（2）根据于地质学及古生物学的知识，叫人知道时间的无穷之长。

（3）根据于一切科学，叫人知道宇宙及其中万物的运行变迁皆是自然的，——自己如此的，——正用不着什么超自然的主宰或造物者。

（4）根据于生物学的科学知识，叫人知道生物界的生存竞争的浪费与惨酷，——因此叫人更可以明白那“有好生之德”的主宰的假设是不能成立的。

（5）根据于生物学、生理学、心理学的知识，叫人知道人不过是动物的一种；他和别种动物只有程序的差异，并无种类的区别。

（6）根据于生物的科学及人类学、人种学、社会学的知识，叫人知道生物及人类社会演进的历史和演进的原因。

（7）根据于生物的及心理的科学，叫人知道一切心理的现象都是有因的。

（8）根据于生物学及社会学的知识，叫人知道道德礼教是变迁的，而变迁的原因都是可以用科学的方法寻求出来的。

（9）根据于新的物理化学的知识，叫人知道物质不是死的，是活的；不是静的，是动的。

（10）根据于生物学及社会学的知识，叫人知道个人——“小我”——是要死灭的，而人类——“大我”——是不死的，不朽的；叫人知道“为全种万世而生活”就是宗教，就是最高的宗教。而那些替个人谋死后的“天堂”“净土”的宗教，乃是自私自利的宗教。

我结论道：“这种新人生观是建筑在二三百年的科学常识之上的一个大假设，我们也许可以给他加上‘科学的人生观’的尊号。但为避免无谓的争论起见，我主张叫他做‘自然主义的人生观’。

“我们在那个自然的宇宙里，在那无穷之大的空间里，在那无穷之长的时间里，这个平均高五尺六寸，上寿不过百年的两手动物——人——真是一个藐乎其小的微生物了。在那个自然主义的宇宙里，天行是有常度的，物变是有自然法则的，因果的大法支配着他——人——的一切生活，生存竞争的惨剧鞭策着他的一切行为，——这个两手动物的自由真是很有限的了。

“然而那个自然主义的宇宙里的这个渺小的两手动物，却也有他的相当的地位和相当的价值。他用的两手和一个大脑，居然能做出许多器具，想出许多方法，造成一点文化。他不但驯伏了许多禽兽，他还能考究宇宙间的自然法则，利用这些法则来驾驭天行，到现在他居然能叫电气给他赶车，以太阳给他送信了。

“他的智慧的长进就是他的能力的增加。然而智慧的长进却又使他的胸襟扩大，想象力提高。他也曾拜物拜畜生，也曾怕神怕鬼，但他现在渐渐的脱离了这种种幼稚的时期，他现在渐渐明白：空间之大只增加他对于宇宙的美感；时间之长只使他明了祖宗创业之艰难；天行之有常只增加他制裁自然界的能力。

“甚至于因果律之笼罩一切，也并不见得束缚他的自由。因为因果律的作用，一方面使他可以由因求果，由果推因，解释过去，预测未来；一方面又使他可以运用他的智慧，创造新因，以求新果。甚至于生存竞争的观念也并不见得就使他成为一个冷酷无情的畜生，也许还可以格外增加他对于同类的同情心，格外使他深信互助的重要，格外使他注重人为的努力，以减免天然竞争的惨酷与浪费。总而言之，这个自然主义的人生观里，未尝没有美，未尝没有诗意，未尝没有道德的责任，未尝没有充分运用创造的智慧的机会。”

人在有闲的时候才最像是一个人

梁实秋

英国十八世纪的笛福，以《鲁滨逊漂流记》一书闻名于世，其实他写小说是在近六十岁才开始的，他以前的几十年写作差不多全是以新闻记者的身份所写的散文。最早的一本书一六九七年刊行的《设计杂谈》（*An Essay Upon Projects*）是一部逸趣横生的奇书，我现在不预备介绍此书的内容，我只要引其中的一句话："人乃是上帝所创造的最不善于谋生的动物；没有别的一种动物曾经饿死过；外界的大自然给它们预备了衣与食；内心的自然本性给它们安设了一种本能，永远会指导它们设法谋取衣食；但是人必须工作，否则就要挨饿，必须做奴役，否则就得死；他固然是有理性指导他，很少人服从理性指导而沦于这样不幸的状态；但是一个人年轻时犯了错误，以致后来颠沛困苦，没有钱，没有朋友，没有健康，他只好死于沟壑，或是死于一个更恶劣的地方——医院。"这一段话，不可以就表面字义上去了解，须知笛福是一位"反语"大师，他惯说反话。人为万物之灵，谁不知道？事实上在自然界里一大批一大批饿死的是禽兽，不是人。人要适合于理性的生活，要改善生活状态，所以才要工作。笛福本人是工作极为勤奋的人，他办刊物、写文章、做生意，从军又服官，一生忙个不停。就是在这本《设计杂谈》里，他也提出了许多高瞻远瞩的计划，像预言一般后来都一一实现了。

人辛勤困苦地工作，所为何来？夙兴夜寐，胼手胝足，如果纯是为了温饱像蚂蚁蜜蜂一样，那又何贵乎做人？想起罗马皇帝马可·奥勒留的一段话：

> 在天亮的时候，如果你懒得起床，要随时做如是想："我要起来，去做一个人的工作。"我生来就是为了做那工作的，我来到世间就是为了做那工作的，那么现在就去做那工作又有什么可怨的呢？我既是为了这工作而生的，那么我应该蜷卧在被窝里取暖吗？"被窝里较为舒适呀。"那么你是生来为了享乐的吗？简言之，我且问你，你是被动地还是主动地要有所作为？试想每一个小的生物，每一只小鸟、蚂蚁、蜘蛛、蜜蜂，它们是如何地勤干劳作，如何地克尽厥职，以组成一个有秩序的宇宙。那么你可以拒绝去做一个人的工作吗？自然命令你做的事还不赶快地去做吗？"但是一些休息也是必要的呀。"这我不否认。但是根据自然之道，这也要有个限制，犹如饮食一般。你已经超过限制了，你已经超过足够的限量了。但是讲到工作你却不如此了；多做一点你也不肯。

这一段策励自己勉力工作的话，足以发人深省，其中“以组成一个有秩序的宇宙”一语至堪玩味。使我们不能不想起古罗马的文明秩序是建立在奴隶制度之上的。有劳苦的大众在那里辛勤地劳作，解决了大家的生活问题，然后少数的上层社会人士才有闲暇去做“人的工作”。大多数人是蚂蚁、蜜蜂，少数人是人。做“人的工作”需要有闲暇。所谓闲暇，不是饱食终日无所用心之谓，是免于蚂蚁、蜜蜂般的工作之谓。养尊处优，嬉遨惰慢，那是蚂蚁、蜜蜂之不如，还能算人！靠了逢迎当道，甚至为虎作伥，而猎取一官半职或是分享一些残羹剩饭，那是帮闲或是帮凶，都不是人的工作。奥勒留推崇工作之必要，话是不错，但勤于劳作亦应有个限度，不能像蚂蚁、蜜蜂那样地工作。劳动是必须的，但劳动不应该是终极的目标。而且劳动亦不应该由一部分人负担而令另一部分人坐享其成果。

人类最高理想应该是人人能有闲暇，于必须的工作之余还能有闲暇去做人，有闲暇去做人的工作，去享受人的生活。我们应该希望人人都能属于“有闲阶层”。有闲阶层如能普及于全人类，那便不复是罪恶。人在有闲的时候才最像是一个人。手脚相当闲，头脑才能相应地忙起来。我们并不向往六朝人那样萧然若神仙的样子，我们却企盼人人都能有闲暇去发展他的智慧与才能。

面朝大海，春暖花开

海子

从明天起，做一个幸福的人
喂马、劈柴，周游世界
从明天起，关心粮食和蔬菜
我有一所房子，面朝大海，春暖花开

从明天起，和每一个亲人通信
告诉他们我的幸福
那幸福的闪电告诉我的
我将告诉每一个人

给每一条河每一座山取一个温暖的名字
陌生人，我也为你祝福
愿你有一个灿烂的前程
愿你有情人终成眷属
愿你在尘世获得幸福
我只愿面朝大海，春暖花开

我愿做个无忧无虑的小孩

拜伦

在壮阔高原的洞穴里栖身，张望，
于空旷苍茫的原野里游荡；
沉浮于蔚蓝夹杂雪白的巨浪；
我愿做个没有忧虑的小孩。
撒克逊的繁文缛节——
与我的自由精神相悖。
嶙峋崎岖的坡道，
使我为之痴狂，
（我欣悦于）巨石迎接惊涛骇浪。

我厌倦于蝇营狗苟的奔忙，
我不喜欢被奴仆辞让；
命运之神——
收回大地的丰芳。

让我回到苍凉，但却壮美的吾乡，
倾听海浪与岩石的交接；
凝视我幼时熟悉的风光，
我只求看到，我熟悉的地方。

年少时的我，
也有过梦境构筑的辉光。
那是一个幻觉，但是极乐之乡。
（可鄙的）现实，
我不屑于你美丽的光，
（请不要）把我引向世俗世界的泥浆。
我已然明白，
这不是，为我而设的世界。

爱情离开了我，
友情已然远遁。
这使我的内心怎能不寂寥，
我已失去了原有的希望。
我只能在一瞬间躲避悲伤，
醉酒（固然）使痴愚的灵魂得到振奋。
心里依然装满了凄凉。

让我恢复友情的甜蜜，
请归还我青春爱情的美好；

须躲开夜夜笙歌的交际，
否则欢乐徒有其表。

美得不可方物的人呵，
莫非你就是，
我的希望、安慰和整个世界——
连你的笑靥也魅力不再。
我的心怎能不结满寒冰。

世俗世界是贫乏和安稳的，
我告别它而毫不留恋。
我的满足来自恬静——
那是美德以及似曾相识的熟悉。

离群索居，
并不知为躲避。
我想寻觅幽深而遥远的山谷，
暮霭和晦暗相接。
假若给我一双羽翼，
（可如）归巢之鸠鸟，
我也仍然要展翅长空，
去超逸的远行。

梦会开出花来的

戴望舒

梦会开出花来的，
梦会开出娇妍的花来的：
去求无价的珍宝吧。
在青色的大海里，
在青色的大海的底里，
深藏着金色的贝一枚。
你去攀九年的冰山吧，
你去航九年的瀚海吧，
然后你逢到那金色的贝。
它有天上的云雨声，
它有海上的风涛声，
它会使你的心沉醉。
把它在海水里养九年，
把它在天水里养九年，

然后，它在一个暗夜里开绽了。
当你鬓发斑斑了的时候，
当你眼睛朦胧了的时候，
金色的贝吐出桃色的珠。
把桃色的珠放在你怀里，
把桃色的珠放在你枕边，
于是一个梦静静地升上来了。
你的梦开出花来了，
你的梦开出娇妍的花来了，
在你已衰老了的时候。